U0567193

名家
读书

美丽如斯

李辉 著

商务印书馆
The Commercial Press
2019年·北京

图书在版编目（CIP）数据

美丽如斯 / 李辉著 . —北京： 商务印书馆，2019
（名家读书丛书）
ISBN 978-7-100-17456-5

Ⅰ.①美… Ⅱ.①李… Ⅲ.①散文集—中国—当代
Ⅳ.① I267

中国版本图书馆 CIP 数据核字（2019）第 085449 号

权利保留，侵权必究。

美 丽 如 斯

李辉 著

商 务 印 书 馆 出 版
（北京王府井大街 36 号 邮政编码 100710）
商 务 印 书 馆 发 行
北 京 通 州 皇 家 印 刷 厂 印 刷
ISBN 978 - 7 - 100 - 17456 - 5

2019 年 10 月第 1 版　　　开本 880×1240 1/32
2019 年 10 月北京第 1 次印刷　　印张 8¹/₈
定价：40.00 元

阅读，如此美好

与李昕兄交往已有三十多年。1983 年左右，走进人民文学出版社牛汉先生办公室，遇到李昕，从此，我们的往来没有中断。

大约 1996 年年底，我们夫妇前往香港探望黄永玉等诸位先生。记得坐船过码头时，身后突然有人拍我肩膀，转眼一看，原来是李昕。他两个星期前刚刚调任香港三联书店副总编辑，如此巧合，我们就在茫茫人群里偶遇。

当然还有更巧的。大约两天后走在马路上，突然遇到文艺部同事张首映，此时，他调任《人民日报》香港记者站站长。我们也是老朋友。记得 1987 年秋天我调至人民日报文艺部《大地》副刊，负责编杂文。第二年春天，我走进中国社会科学院的研究生院，请一批研究生座谈和约稿，这次，我才知道张首映是我们湖北老乡。之后他寄来杂文，陆续刊登。博士毕业后，他调至文艺部，老乡也成了同事。香港相遇，把酒畅谈，他说这是聊得最开心的一次。

李昕兄为商务印书馆策划一套丛书，约请我加盟，谢谢他的厚爱。

此本书名为《美丽如斯》。阅读，多么美好的事情！

我曾做过关于阅读的演讲，题目为"阅读，让内心更从容"。我生于五十年代，随母亲在不同公社小学漂泊。六十年代乃至"文革"期间，可以说没有读什么书，直至恢复高考，走进复旦大学，这才走进图书馆，如饥似渴地读不同类型的书。在此期间，贾植芳先生指导我与陈思和开始研究巴金，所以我在演讲时列出自己最喜欢的十本书，巴金《随想录》排在第一本。巴金《随想录》，倡导独立思考与自我忏悔，强调"说真话"，这些早已成为影响我内心的精神力量，唯有将之传承。

其他九本分别是：沈从文的《从文家书》、李泽厚的《美的历程》、黄仁宇的《万历十五年》、董乐山翻译的阿伦·布洛克的《西方人文主义传统》、斯文·赫定的《我的探险生涯》、小诺布尔·坎宁安的《杰斐逊传》、贾植芳任敏夫妇的《解冻时节》、冯骥才的《一百个人的十年》、黄永玉的《沿着塞纳河到翡冷翠》。

其实，可以列出的好书很多。譬如鲁迅《阿Q正传》、茨威格《昨日的世界》、流沙河《流沙河认字》、黄永玉《比我老的老头》、威廉·曼彻斯特《光荣与梦想》、古尔布兰生的《童年与故乡》等。这些都是我喜爱之书。我在《收获》开设"封面中国"专栏长达十年，曾梦想能写一本《光荣与梦想》那样的书该有多好。

　　收入《美丽如斯》的文章，是不同故事的叙说。《万历十五年》走进中国的过程，我与《童年与故乡》的结缘，英国《战马》如何走进中国话剧舞台，梁漱溟先生暮年读信记，丁聪的《北京小事》，马国亮的《良友忆旧》、华盛顿的《告别权力的瞬间》、沈从文与黄永玉的故事《穿越洞庭，翻阅大书》等。李昕兄 1978 年考入武汉大学，多年前，他们班级编选一本《老八舍往事》，阅读之后，我写了一篇颇有感触的随笔《武大校园的记忆喧哗》。这是一代学子留存武大校园的故事，也激活了那些历史细节。记忆喧哗，留存美好。

　　黄永玉先生题写一幅对联："吹灭读书灯，一身都是月。"真是美妙。

　　阅读那些美丽的书。因阅读，一个人的内心，沉稳、丰富而从容。

2018 年 5 月 21 日，北京看云斋

目　录

读丁聪、龚之方的"北京小事"

　　漫画家丁聪新出了一本书——《北京小事》（花山文艺出版社，2003 年）。说是"新"，并不准确，因为书里都是四十年前的作品，他为我们呈现的是六十年代初北京日常生活的场景。

　　1962 年，丁聪以戴罪之身从北大荒流放回到北京。不久，他见到了老朋友龚之方。龚之方系老上海一位著名报人，当时他在香港《文汇报》驻北京办事处工作。1963 年起，龚之方邀请丁聪合作，由他撰文，丁聪配图，在香港《文汇报》上开设专栏"北京小事记"。有两年时间，他们联袂主持这个专栏，用短文和漫画描述当时北京的日常生活。从地方剧团进京演出，到金山与张正宇下乡演出；从街道婆婆妈妈们的灭鼠突击，到售票员练习念准站名；从大白菜长势如何，到老北京的阳春面与豆浆……几百篇短文，几百幅插图，把那个年代的北京城的大街小巷，清晰地呈现在我们面前。

　　对丁聪来说，再次拿起画笔，机会尤为难得。

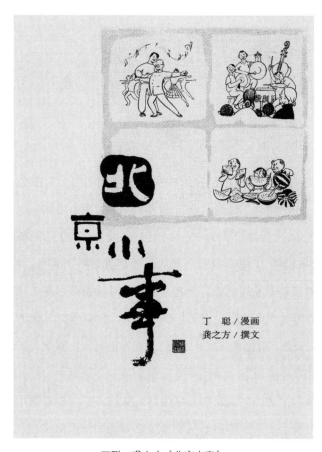

丁聪、龚之方《北京小事》

从三十年代初在上海开始画画，选择美术为终身职业之后，丁聪从未忘情于画笔。走到哪儿，画到哪儿。抗战期间的流亡途中，他未曾放下手中的笔。即便成为右派被发配到冰天雪地的北大荒，他也没有闲着。偷着画，或公开画，都让丁聪感到生命的充实，感到精神有所寄托。用他自己的话来说："正是这些画，帮我度过了最艰难的时刻，使我恢复了自信和乐观。"

在北大荒，丁聪画右派分子们住的草房和修水库的劳动场面，画印象中的当地农户与猎户，画劳动者的生活风情，画自己经历的故事……材料有限，他往往在牛皮纸上用白粉和毛笔画出木刻效果的作品。当年阅读美国版画家肯特的记忆，重又活跃在脑海里——那些细腻线条，勾画出的人物的力度。他也用颜料画一些彩墨画，画面洋溢着浓郁的生活气息。

今天再来看丁聪在特殊年代、特殊环境下偷偷画的这些作品，心里是无法平静的。按照如今某些慷慨激昂的批评家的观点，丁聪的笔可能缺少分量，因为他没有对知识分子的劳改现状进行全面的、深刻的、批判性的描绘。如果那样，当然很好。然而，在我看来，这却是不现实的，不符合当时他们生存实际状况的苛求，甚至是后来人一厢情愿地故作惊人语。当我们审视他们那代人走过的道路时，需要的倒应该是设身处地了解他们、体谅他们，进而解读他们，然后从中总结历史经验教训。更重要的是，今天的人们应该怎样做得更好。我愿意以这样的态度解读丁聪画于北大荒的作品背后所反映出的历史悲凉。

前几年，关于丁聪我曾写过这样一段的文字："如果将丁聪一生创作的数千件作品作为一个整体来看，它们无疑如同一幅历史长卷，记录着不同时代中国的社会现状。三十年代的上海滩、抗战、内战、抗美援朝、政治批判、北大荒劳改、改革开放……除了'文革'外，他所经历的不同历史时期，或多或少都在他的作品中有所反映，留下不可磨灭的痕迹。在这一意义上，我认为丁聪是一位具有历史感的画家。"

现在来看，我的话不准确。在北大荒与改革开放之间，还应加上"六十年代初"。无疑，丁聪为"北京小事记"创作的数百幅作品，在他的艺术发展中是一个不可忽视的阶段。他将过去擅长的漫画、速写、封面设计等形式加以灵活运用，生动描绘出当年的北京风俗、社会场景以及大量文化人物肖像。他在这些作品中所呈现出的特点，在"文革"之后的创作中又有了新的发展和更为突出的体现。譬如，我觉得他后来为老舍小说画的插图，以及大量文化人物肖像漫画，与"北京小事记"显然有着承继关系。从这一角度而言，四十年前做的所谓小事，对丁聪却又不能不说是他漫长生涯中的一件大事。

诸事均有大小。然而，何谓大，何谓小，往往又难以说清。其实，许多事情一旦在时间中流动，大与小也就随时可能相互转换。昨日之大，也许今日已显得不那么重要；而昨日之小，说不定忽然之间在人们的视野里显得竟是如此之大。受历史条件和环境所限，"北京小事记"当然缺乏对当时社会状况的全面、

　　　　　　　　　　　　　美丽如斯

客观而深刻的反映，更不可避免地带有宣传色彩。但诚如专栏名称所言，作者是在用自己的眼睛和笔，记录历史大场景中的"小事"，而且尽量避免说教和空洞。因此，诸多生活琐事也就包含了大量的历史信息，为读者和专家们解读当时的政治、经济、文化、风俗等，提供了丰富而形象的细节，这是文件和教科书无论如何也无法替代的。

穿越洞庭，翻阅大书

最近，我从黄永玉写沈从文的文章，以及沈从文写黄家的文章和书简中，编选一本《沈从文与我》，已由湖南美术出版社出版。

看似一本小书，历史内涵却极为丰富，文化情怀与亲友情感，呼应而交融，呈现着无比灿烂的生命气象。因为，沈从文与黄永玉之间的故事，实在是一本不可多得的厚重之书。

且让我们先读读他们两个家庭的渊源，读读他们叔侄之间的故事。

翻开这本小书，我们读一部大书。

常德的浪漫

黄永玉与沈从文的亲戚关系相当近。沈从文的母亲，是黄永玉祖父的妹妹，故黄永玉称沈从文为表叔，近一个世纪时间

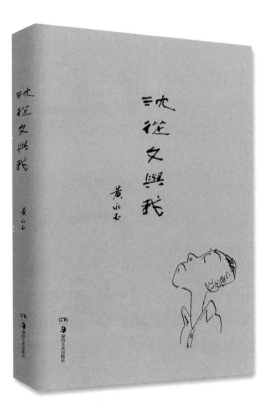

《沈从文与我》书影

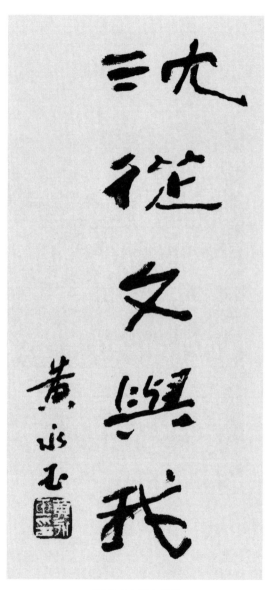

《沈从文与我》题签

里，两家关系一直非常密切。其中，还另有一个特别重要的原因——沈从文亲历黄永玉的父母相识、相爱的全过程，并在其中扮演着一个特殊角色。

1922年的湖南常德，一个小客栈里寄宿着两个来自凤凰的年轻漂泊者，一个是沈从文，另一个是他的表兄黄玉书。沈喜爱文学，黄喜爱美术。在沈从文眼里，这位表兄天性乐观，即便到了身无分文拖欠房租，被客栈老板不断催着他们搬走的境地，他依然于自嘲中表现出诙谐与玩世不恭。根据沈从文的回忆，黄玉书结识了同样来自凤凰的姑娘——杨光蕙，凤凰苗乡得胜营人氏，任常德女子学校美术教员——两人很快恋爱了。

关于黄玉书的这一感情进展，沈从文说得颇为生动形象："表兄既和她是学美术的同道，平时性情洒脱到能一事不作整天唱歌，这一来，当然不久就成了一团火，找到了他热情的寄托处。"更有意思的是，沈从文说他开始替表兄写情书。每天回到客栈，表兄就朝沈从文不停作揖，恳请他为自己向杨姑娘代笔写信。沈从文在湘西从军期间，曾是长官的文书，代为起草文件，偶尔还为人书写碑文。当读到这篇《一个传奇的本事》时，我们方知他还是表兄的情书代写者。谁想到，在1923年前往北京闯荡社会走进文坛之前，他竟是在这样的情形下，开始了文学写作的预习。

就这样，两个相爱的凤凰人，在另一个凤凰人的帮助下，进行着浪漫的爱情。1923 年，沈从文离开常德，独自一人前往北京，开始他的文学之旅。表兄眼光不错，几年之后，他所欣赏的表弟真的成了文坛的新星。

沈从文走后，黄玉书仍留在常德。同一年，黄玉书与杨光蕙在常德结婚。一年后，1924 年 8 月 9 日（农历七月初九），他们的长子在常德出生。几个月后，他们将他带回凤凰。

不用说，这个孩子就是黄永玉。

漂泊中"翻阅大书"

世上能让黄永玉心悦诚服的人并不多。但在为数不多的几个人中，沈从文无疑排在最前面。多年来与黄永玉聊天，我听到他提得最多、语气颇为恭敬的，总是少不了沈从文。在黄永玉与文学的漫长关联中，沈从文无疑是极为重要的一环。

我认识黄永玉其实与沈从文有关。1982 年，在采访全国文联大会时我认识了沈从文，随后去他家看望，在他那里第一次读到黄永玉写他的那篇长文《太阳下的风景》。看得出来，沈从文很欣赏黄永玉。我的笔记本上有一段他的谈话记录，他这样说："黄永玉这个人很聪明，画画写文章靠的是自学，他的风格很独特，变化也多。"当时，我主要研究现代文学，对沈从文、萧乾有很大兴趣。这样，我也就从沈从文那里要到了黄永玉的地址。

不少人写过沈从文，但写得最好的是黄永玉。1979年岁末，黄永玉完成了长篇散文《太阳下的风景》，文章中的最后一段话，总是让人产生丰富的想象，感触良多：

> 我们那个小小山城不知由于什么原因，常常令孩子们产生奔赴他乡的献身的幻想。从历史角度看来，这既不协调且充满悲凉，以致表叔和我都是在十二三岁时背着小小包袱，顺着小河，穿过洞庭去"翻阅另一本大书"的。

的确，他们两个人有那么多的相似。

他们都对漂泊情有独钟。沈从文随着军营在湘西山水里浸染个透，然后独自一人告别家乡，前往北京。黄永玉也早早离开父母，到江西、福建一带流浪。漂泊中成长，在漂泊中执着寻找到打开艺术殿堂大门的钥匙。

两人又有很大不同。沈从文到达北京之后，就基本上确定了未来的生活道路，并且在几年之后，以自己的才华引起了徐志摩、胡适的青睐，从而，一个湘西"乡下人"，在以留学欧美的知识分子为主体的"京派文人"中占据了重要的一席之地。黄永玉则不同。由于时代、年龄、机遇和性格的差异，他还不像沈从文那样，一开始就有一种既定目标。他比沈从文的漂泊更为长久，眼中的世界也更为广泛。在十多年时间里，福建、江西、上海、台湾、香港……他差不多一直在漂泊中，很难在一个地方停留下多少日子。漂泊中，不同的文学样式、艺术样式，都曾吸引过他，有的也就成了他谋生的手段。正是在一次次滚爬摔打之后，他变得更加成熟起来。在性情上，在适应能力上，他也许比沈从文更适合于漂泊。

"他不像我，我永远学不像他，我有时用很大的感情去咒骂、去痛恨一些混蛋。他是非分明，有泾渭，但更多的是容忍和原谅。所以他能写那么多的小说。我不行，忿怒起来，连稿纸也撕了，扔在地上践踏也不解气。"黄永玉曾这样将自己和沈从文进行比较。

"生命正当成熟期"

是沈从文为"黄永玉"起了这个笔名。

1946 年前后，黄永玉最初发表作品时是用本名"黄永裕"，沈从文说，"永裕"不过是小康富裕，适合于一个"布店老板"而已，"永玉"则永远光泽明透。接受表叔建议，黄永玉在发表作品时，不再用"黄永裕"而改为"黄永玉"。从此，"黄永玉"这个名字得以确定，沿用至今，本名反倒不大为人所知了。

沈从文对黄永玉的影响，在我看来，并不在于文学创作的具体而直接的影响与传承，因为两个人实际的文学理念、风格，有着一定差异。我更看重的是，他们之间更为内在的一种文学情怀的关联，一种对故乡的深深的眷念。

1947 年黄永玉为沈从文小说《边城》所作木刻插图

黄永玉回忆过，他儿时曾在凤凰见过沈从文一面，即沈从文1934年回故乡探望重病中的母亲，以给张兆和写信的方式创作《湘行散记》之际。黄永玉当时只有十岁，匆匆一见，只问一声"你坐过火车吗"，听完回答转身跑开而已。

　　抗战胜利之后，在北平的沈从文意外得知，表兄的儿子已经成为木刻家，活跃于上海木刻界。从此，漂泊在外的表叔侄二人，开始有了联系与交往。

　　1947年初，黄永玉将四十余幅木刻作品寄至北平，希望得到表叔的指点。《一个传奇的本事》即在这一背景下写就，这是目前所见沈从文对黄永玉其人其画的最早涉及。

　　沈从文当年不仅本人欣赏与喜爱黄永玉的木刻，还将他推荐给他的朋友和学生，如萧乾、汪曾祺等人，希望他们予以帮助和支持。此时，黄永玉刚刚走进上海，其木刻艺术崭露头角，沈从文的这一举荐，无疑丰富了黄永玉的文化人脉，对其事业发展起到了一定推动作用。1947年在上海，汪曾祺与他开始成为好朋友；1948年在香港，萧乾促成黄永玉在香港大学举办了一生中的第一次画展。于是，年轻的黄永玉，在一个更大的舞台上脱颖而出，赫然亮相。

从容

　　"文革"刚刚结束，黄永玉便把沈从文作为他第一个用心描

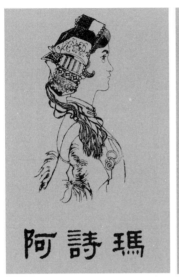

沈从文为黄永玉《阿诗玛》一书题签（左）

黄永玉为沈从文《龙凤艺术》一书设计封面（右）

述的"比我老的老头"，绝非偶然。他们之间，实在有太多的历史关联。换句话说，在黄永玉的生活中，表叔一直占据着颇为重要的位置。三十多年时间里，他们生活在同一城市，有了更多的往来、倾谈、影响。

在我的藏书中，有两本有意思的书与他们叔侄有关。一本是1957年黄永玉出版的插图集《阿诗玛》，为该书题签的是沈从文，而且是用不大常见的隶书；另一本是1960年沈从文出版的专著《龙凤艺术》，封面上的苗族妇女速写，是黄永玉专门为此书而画。两本互有关联，恰是那一时期两代凤凰人的文化唱和。

同在一座城市生活，沈从文与黄永玉来往颇为频繁，颇有惺惺相惜之感。沈从文的侄女沈朝慧（后由沈从文抚养）不止一次告诉我，五十年代以来，在亲友中，沈从文与黄永玉关系最亲近。一次，沈朝慧这样对我说：

> 爸爸和表哥关系一直很好，很融洽。表哥从香港到北京后，我们两家来往最多，每个星期都要聚。我是1959年"十一"从凤凰来跟着爸爸的。六十年代，我经常陪爸爸去表哥家。当时，我们住在东堂子胡同，他们住在北京站旁边的罐儿胡同，离得不远，沿着南小街一会儿就走到。妈妈出差，或者参加"四清"去了，我们就去得更多了。爸爸很喜欢和表哥在一起。因为，在我们家里，饭桌上吃饭，妈

妈和哥哥们，喜欢谈些社会上的、政治上的事，大哥那时比较幼稚，经常与爸爸辩驳，二哥偶尔也插嘴附和。我向来不关心政治，也不相信任何事。那个时候，爸爸在家里很难沟通，他的情绪一直也很压抑。

老太太晚年有很大改变，变得开朗了。其实，她也很不容易。做一个名人的妻子，很难。"文革"期间，他们相互能谅解，与过去不一样了。

表哥从一开始就与我们家里的人不一样，他总是与爸爸聊很具体的生活的事情，讲开心的事，让爸爸高兴。

表哥也很关心爸爸。有了稿费就买个圆桌子送来。六十年代，知道爸爸喜欢听音乐，就买个大的电子管的收音机送过来。

（2008 年 2 月 14 日与李辉的谈话）

亲情、方言、熟悉的故乡、相同的无党派艺术家身份……多种因素使得他们两人少有隔阂，交谈颇深，哪怕在政治运动此起彼伏的日子里，往来也一直延续着。艰难日子里，正是彼此的相濡以沫，来自湘西的两代人，才有可能支撑各自的文化信念而前行。

沈从文是黄永玉写得最多，也最丰富生动的一个人物。他钦佩表叔精神层面的坚韧，欣赏表叔的那份从容不迫的人生姿态。他写表叔，不愿意用溢美之词，更不愿意将其拔高至如伟人一般高耸入云。《太阳下的风景》《这些忧郁的碎屑》《平常

一九五〇年攝於北京沙灘中老胡同北大教授宿舍

攝影者馮至兄也

1950 年沈从文与黄永玉在北京，诗人冯至摄。

的沈从文》……他以这样的标题，多层面地写活了一个真实、立体的沈从文。

在黄永玉笔下，沈从文平常而从容，总是怀着美的情怀看待这个世界。因热爱美，沈从文才执着于对美的研究。过去，他倾心于文学创作，在《边城》和《湘行散记》等一系列作品中，升华生活之美，渲染或营造心中向往之美；如今，在远离文学创作之后，他又将古代服饰研究转化为对美的发掘。拥有此种情怀的沈从文，与黄永玉有另外一种与众不同的交流。

从容，欣赏美，沉溺于创造，这样的沈从文，竖起一个高高的人生标杆。

沈从文写"黄家前传"

姓黄？姓张？哪怕到了八十几岁，黄永玉自己也说不准确黄家姓氏。自儿时起，他听前辈说过，他们黄家原本姓张，但为什么后来改姓黄，黄家的人死后的墓碑上为什么照例刻上"张公"而非"黄公"，原因不明。

不过，沈从文"文革"期间偶然一次"心血来潮"，开始写一部长篇小说，第一章题为《来的是谁》——"黄家前传"浮出水面。

这是沈从文一次特殊的文学创作冲动——借写黄永玉家族而写湘西的历史沧桑。

1971 年，沈从文从湖北咸宁文化部的干校致信河北磁县干校的黄永玉。据沈从文信中所述，黄永玉之前曾致信表叔，建议表叔以小说来写"家史及地方志"。黄永玉没有想到，表叔真的听从他的建议，劳动之余开始动笔，很快写出长篇小说的第一章，并且是以黄家故事开篇。在写给黄永玉以及黑蛮、黑妮"两小将"的信中，他充分论述对以小说写历史、写故事的文学见解，自信但不免又有些忐忑不安，对能否完成小说，前景不敢乐观。

沈从文远比黄永玉更熟悉黄家自身故事。黄永玉的曾祖父是沈从文的外公，沈从文前往北京进入文坛之前，陪伴沈从文一同漂泊湘西的又是黄永玉的父亲。黄家的渊源，想必曾是两位表兄弟滞留洞庭湖时的话题。沈从文对黄家家世的追根求源，好像有着特殊兴趣，尽管许多年过去了，以黄家家世来写一部小说的愿望，在沈从文心中却一直没有消失。如今，在咸宁"五七干校"劳动时，他终于找到了重续文学之梦的最好方式：为黄家写一部小说。

黄永玉至今难忘当年收到沈从文小说手稿的情景。

时在 1971 年 6 月上旬。在"五七干校"劳动的黄永玉，突然收到沈从文厚厚一叠邮件：

> 我打开一看，原来是有关我黄家家世的长篇小说的一个楔子《来的是谁》，情调哀凄且富于幻想神话意味。……

那种地方、那个时候、那种条件，他老人家忽然正儿八经用蝇头行草写起那么从容的小说来？……解放以后，他可从未如此这般地动过脑子。……于是，那最深邃的，从未发掘过的儿时的宝藏油然浮出水面。这东西既大有可写，且不犯言涉，所以一口气写了八千多字。

一部未竟长篇小说的开篇，一位老人不期而至，又飘然而去，渲染出神秘、魔幻的气氛，"姓黄还是姓张"的悬念，留给小说中的黄家人。

姓黄还是姓张？沈从文的小说没有给出答案。

姓黄还是姓张？是否能够找出真实答案，也许真的不重要。人们知道的是，后来，二十几岁的黄永玉，与一位广东姑娘梅溪恋爱结婚。梅溪恰好姓张。

有意或无意，"黄"与"张"融为了一体。

沈从文刚刚动笔写这一构想中的史诗般的小说，很快，1971 年 9 月，林彪"折戟沉沙"的历史事件忽然发生。局势随后松动，滞留在"五七干校"的沈从文等人，开始陆续返京。回到北京，沈从文有了集中撰写古代服饰史的可能。这或许是那部小说只写一个开篇，便戛然而止的直接原因。

黄家史和故乡风俗史无法再现了。对于沈从文，对于黄永玉，都是一大遗憾。

"文革"期间沈从文在黄永玉位于京新巷的陋室"罐斋"

1982年黄永玉陪同沈从文重返两人的母校——文昌阁小学

故乡，太阳下的风景

1982 年，黄永玉陪同八十岁的沈从文一起回凤凰，住在位于白羊岭的黄家。这是沈从文的最后一次故乡行。六年后，沈从文去世，骨灰送回故乡，安葬在凤凰城郊一处幽静山谷。沈从文墓地的一块石碑上，镌刻着黄永玉题写的一句话："一个士兵，要不战死沙场，便是回到故乡。"

沈从文翻阅过的人生大书，从此合上。他永远融进故乡太阳下的风景。

年过九旬的黄永玉，还在翻阅他的人生大书，一部正在写作中的《无愁河的浪荡汉子》，延续着故乡情怀。他不止一次说过，这部小说，如果沈从文能看到，一定很喜欢，也一定会在上面改来改去。如今，坐在书桌前的黄永玉，仿佛仍能感受到沈从文的关切目光；一直连载着的这部长篇小说中，仍能听到熟悉的声音，看到熟悉的身影在闪动。

一部大书，在延续……

定稿于 2015 年 2 月 6 日，北京

黄永玉为沈从文墓地所书碑文

真情怀为文人画像

雪村兄半年前退休了，要见上一面，不容易。再过半年，我也该退休了，要再见上雪村一面，恐怕更不容易了。这不免让人想起清代的一副名联："相见亦无事，不来忽忆君。"

过去每逢春节，文艺部总是会将退休的老编辑请回来，与我们相聚。这是难得的一次机会，叙友情，传帮带，一种文化传承，尽在其中。这几年被叫停，说是不合规定。从此，年轻编辑再也没有机会与前辈编辑相聚畅谈了。九十高龄的老主任袁鹰先生甚至提议，可否由退休老编辑出钱，请大家春节相聚。他的理由很充分。因为共事许多年的同仁每年就期盼着一年一度的相聚，年岁已高者，尤其珍惜。袁鹰其情之深，其意之切，令人感慨。可是，如今盛行多一事不如少一事，谁还在乎一个单位的文化凝聚力、情感感召力？一个人工作多年的地方，离开之后，如果不再留恋它，不再想它，还是具有文化氛围、富有人情味儿的地方吗？

一个延续多年的好传统，如此这般烟消云散。每念及此，多少有些惋惜。

烟消云散的何止这些。陈原兄初到报社在文艺部分管《讽刺与幽默》工作，一天，忽然一位长者推开他的办公室，说是送稿子来。放下稿件，他就离开。陈原一打听，原来是总编辑谭文瑞，笔名"池北偶"，他写讽刺诗，方成或者丁聪配画。好多年里，无论社长、总编、副社长、副总编，大家都高高兴兴地叫老胡、老李、老谭、老范、老吴、老王，几乎很少称呼职务。同事之间，更是直呼其名，气氛轻松而融洽。版面上文章如果哪位老总提出要撤稿或者修改，编辑觉得可以商榷，随时推开老总的门，据理力争，如非原则性问题，最后老总一般都会采纳，还对你笑一笑。

有些年，食堂吃饭，社长总编和大家一样排队，拿到饭，便和大家坐在一张桌子上，边吃边聊。袁晞兄讲过一件事情。九十年代初，社长是高狄，他来晚了，想吃饺子被告知已卖完。高狄说："我就要吃饺子。"厨师一看是社长，马上说："马上包，马上包。"站在后面的袁晞，也把碗放过去，说我也要。厨师一笑："你添什么乱呀？"

诸多趣事，如今已是远去风景。

九十年代初，雪村从世界知识出版社美编室调到文艺部，彼此共事二十余年。很少有人如雪村性情那般纯真、透明，感觉有时他活在一个只属于自己的世界里，身边许许多多鸡零狗碎的东西，纷纷扰扰的东西，不入他眼，不在他心，与他无关。

纯真，透明，当然也就十分较真儿。每周一部门例会，谈论上周版面。一次，谈到副刊发表的一首诗歌，一位口无遮拦的编辑脱口而出："什么狗屁诗，太差了！"仁者见仁智者见智，对一个作品的评判各不相同，也是情理之中，只是这位编辑语气过分，措辞不当。未料想，责任编辑恰好就是雪村。他当场气得满脸通红。我以为事情就这样过去了。第二周，依旧例会，认真的雪村再提诗歌话题。原来，那次例会之后，他分别找几位诗人、作家，请他们谈对这首诗的印象，各位均给予不错评价。他一一念出，以此来证明自己作为责任编辑，并不失职。雪村就是这样认认真真对待自己所做的一切，对任何事情，必须弄得清清楚楚，水落石出，不然，绝不罢休。

由于这一别扭，两位脾气都很特别之人，好几年见面都不讲话。直到一次婺源之行，借着酒劲儿，我将他们两位拉到一起，碰杯畅饮，过往不快，被酒化解。

酒的确是好东西。第一次见雪村喝多，是庆贺袁鹰先生八十大寿。一杯又一杯，劝都劝不住。一次在上海，我们一行人坐在衡山路边喝啤酒，雪村已在微醺，主动要求讲他年轻时在上海的偶遇，不停地讲。我们说，已经讲过，不要再讲了。他说："不，不，我还要讲。"所谓故事，真假不知。性情中人，由酒浇灌而开花。年轻同事如果说到雪村，总是会提到，每天晚上他牵着妻子的手在院子里散步。退休，他搬走了，院子里，从此少了这让人羡慕的浪漫一景。

刚到文艺部，雪村在美术组当编辑。每逢开会，他很少言语，手却从来没有停过。他不停地画会场速写，画坐在身边的同事。如到外地采风，他也不停地画，有几次，因为等他，出发总要耽误一些时间。大家熟知他，理解他，从来没有因为他的迟到而不快。在文艺部，勤奋如斯，雪村首屈一指。

雪村一画就是二十年。他笔下的人物肖像，简洁而越来越有神。有幸与他同事，他为我画过好几幅。有一幅，简单几笔的勾勒，见过的人都说特别传神，我珍藏至今。

从美术组调到副刊组，可以说是雪村做出的一个最好选择。编辑副刊，可以接触更多的文人，他的天地为之一宽。与文人交往，他坦诚相待，闲聊与阅读，文化情怀愈加浓郁。二十年，画像不止，他学习丁聪肖像风格，又形成自己特点。雪村很用心，所画的文人肖像，他经常请那些文人在其上题跋。包括我所熟悉的不少老人，如萧乾、季羡林等都曾欣然提笔。前几年，他曾将这些肖像与题跋集中一起，办过一次展览，观者为之赞叹不已。

在为许多文人画像的同时，雪村也开始写作。他体味文化，留意为文人画像的过程。二十年，他笔耕不辍，对历史、对笔下人物，体味颇深，有见地，其文字也越来越干净利落，恬淡而隽永。

早在几年前，我与雪村说，一定想办法为你编选出版一本文人肖像集。如今，这一愿望终得实现。

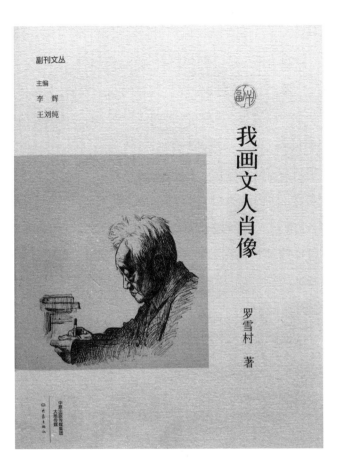

副刊文丛

主编

李　辉

王刘纯

我画文人肖像

罗雪村　著

中原出版传媒集团
大象出版社

《我画文人肖像》书影

雪村所画文人肖像甚多。我建议他，最好每幅肖像能配上简略的文字，叙述笔下人物的印象。雪村非常认真地写下几十篇。这样一来，只好忍痛割爱，先将所写第一批人物的文章与肖像，结集为第一册。希望以后，他的这一系列还会继续编选出版。当然，这不只是为雪村，更是为了文人群体，为了我们共同经历的一个时代。我们在雪村笔下的文人肖像与文字的呼应中，感怀历史，将流逝岁月留存。

很高兴雪村兄给我这个机会，为他的第一本文人肖像集写下这些话。同时，借此对工作长达二十九年的部门，做一个告别。

一个部门或许不再令人留恋，同仁之间的情怀，却值得珍惜。

继罗雪村半年之后，与我同样属猴的邵剑武兄，将在五月一日退休。再过五个月，就该是我。

倒计时开始。

退休的好日子，终于快到了！

写于 2016 年 4 月 20 日，北京

美丽如斯

从文家书

《从文家书》书影

读《从文家书》是一种享受。

从三十年代初沈从文和张兆和恋爱的那些记录开始，我们仿佛走进一道风景长廊，他们多彩的笔，带我们领略他们的人生风景。从热恋，到战乱，从《边城》等一部部杰作的酝酿创作，到时代转折关口的彷徨与苦闷，从"土改"投入到社会变革之中，到对重返文学领域的一度期盼，沈从文留给人们弥足珍贵的文字。它们是一己情感的真实记录，却又分明是历史的折射，是沈从文全部才情的凝聚。

沈从文家书，这是一个由感情、风景、文学、艺术构成的丰富世界。

沈从文的笔是多彩的，他的创作心境也是多样的。与许多作家不同，他如同一位迷恋景致的游人，在文体的千姿百态的山水之间倘佯。他不愿把自己的艺术触角，囿于狭小的范围，而是乐于尝试，乐于探险，在适合自己才情的广阔天地里漫游。他的这些家书同样如此。他用自己的方式倾吐心迹，也用自己独有的语言向妻子描述所见所想所感。无论滔滔不绝一泻千里，抑或精粹的议论，甚至在精神恍惚状态下记录的片言只语，都与他人大大不同。它们给予我们多样的感受：轻松的，愉悦的，沉重的，困惑的。在产生这样一些感受时，我们也就更为深切地了解了他，理解了他，并会为20世纪中国文坛拥有这样一个最具才气的作家而满足，而自豪。

几年前在一篇《与巴金谈沈从文》中，我曾经写道："看着沈从文，我心里不免想到巴金。从性格和文学风格来说，在人们的印象中，他们是多么不同，一个淡然如水，一个热情如火；一个似乎永远沉溺于艺术的冥想，一个则始终背负着沉重的现实忧思；一个可以说是真正意义上的艺术型作家，一个则能归属为以社会为全部内容的热情型作家。"这次集中地读沈从文家书，感到这个归纳未必准确。在给妻子的家书中，沈从文同样表现出他是一个热情如火的人，几十年里，他从未淡化过这种情感，他一次次用他多彩的笔，详尽地倾吐自己的百般感受，为妻子描绘他所见到的风景，发表富有生命哲理的议论。对于他，生命始终与妻子同在，无论发生过什么样的不快或者误会，这种执着几乎从未改变。这次在为《从文家书》写的后记中，张兆和以朴实感人的精粹文字，非常真实地表露出她重新阅读这些家书的感受。

沈从文对大自然有着特殊的感觉。我们说沈从文是一个独特的艺术家，就在于他的艺术感觉总是那么新鲜，他从大自然那里可以体会到生命的丰富和伟大，找到一种爱与美的情感。用他的话来说，这就像寻找到一种伟大的宗教一样。在给张兆和的信中，对风景的描述占据了重要位置。我特别看重他在五六十年代写的那些信。已经告别了文学创作的沈从文，他的全部语言才能，全部艺术感觉，可以说只有在诸如此类的一些书信中才得到了充分表现。书信对于他，当然不再仅仅是互报平安的功能，而是他的另外一个创作天地。他描写风景，他议论音乐与美术，他把大自然与自己心中的艺术紧紧地交融在一起，从而使他的家书达到了一个很高的艺术境界。

在读过《从文家书》之后，一个完整的复杂的沈从文才凸现在我们面前。

在食画中小醉片刻

《说食画》书影

书印得实在太美，拿在手上，不想放下。细细读，渐入佳境。《说食画》（河南文艺出版社，2015 年），看似说舌尖上的那些味道，实则写透中原文化的味道，写透人生百态。河南传统饮食的长河里，流淌过多少味道，有的依旧在这条河上漂荡，有的却渐渐沉入河底，再也无法触摸。那些沉入河底的，令人感伤的，如今恐怕只能在冯杰的笔下来体味了。

　　一直觉得，某个区域文化的厚重与否，得看它能不能接二连三地站出一些像样的画家、作家等文化人物。河南无疑具备这个资格。三十年间，在这片中原大地上，一个又一个精彩人物相继亮相，如刘震云、阎连科、二月河、李佩甫、刘庆邦、周大新、梁鸿、李洱……

　　在他们之外，其实另有以随笔见长的河南作家，与众不同，独树一帜。他们默默写作，不作声响，笔下功底却十分了得。

　　譬如何频，多年来以写草木与文坛人物而著称。我特别欣赏他的草木篇章，他对植物细心观察与体味，借草木萌生蔓延，写人情冷暖远近，其笔下文化韵味醇厚醉人，功力之深，少有人及。最近，我为河南的大象出版社策划一套"副刊文丛"，计划用五到十年时间，将中国报纸副刊的精品栏目、副刊专栏作者、副刊编辑的文章，分别编选出版，欲为日渐衰微的纸媒副刊，留存精品，留存读者的美好记忆。如能出版二百种上下，那该多么可观！第一批图书中，何频便是我首先想到的一位专栏作者，仅他在《文汇报》"笔会"副刊近年发表的文章，即足够编选一册。写文人印象，写文化寻访，写草木飘香，书名确定为《茶事一年间》。

冯杰大概是可与何频相媲美的另外一位河南随笔作家。我与冯杰素未谋面，他的书却读后难忘。他能文、能书、能画，左右开弓，可谓三项全能健将。读河南文艺出版社提供的作者简介，才知道，这位冯杰，文有文名，曾在台湾获得过多次散文大奖：

> 冯杰，1964 年生于中国烹饪之乡河南长垣，河南省文学院专业作家。他曾 4 次获得台湾地区唯一的专项散文奖项——"梁实秋散文奖"，并荣获台北文学奖、台湾联合报文学奖等多个文学奖项。他在台湾获奖 20 余次，被誉为"获得台湾文学奖项最多的大陆作家"。他的散文，受到张晓风、林清玄、张曼娟、王鼎钧、张辉诚等台湾知名作家、评论家的赞赏与推荐。著有散文集《丈量黑夜的方式》《泥花散帖》《一个人的私家菜》《田园书》等。七岁时会炸油馍，十七岁时会做鸡蛋捞面，二十七岁相当于灶台助理，三十七岁能独立蒸馍，四十七岁开始夸夸其说食说画说食画。

由此看来，善作文的冯杰，不露声色，不爱张扬，他沉浸在自己的笔下世界。

王鼎钧先生读冯杰作品之后，曾赋诗一首："一挥参化育，众卉出精神，无复池中物，惊为天上人。"我读《说食画》，便有类似感觉。

冯杰写美食，也画美食，河南文化的魅力借"舌尖"将人诱惑。喜欢这篇《戏台上的北中原佳肴》。拉二胡的堂兄，为冯杰演唱河南梆子《关公辞曹》，三个不同版本的同一唱段，竟然出现中原流行的十六道菜：火烧、绿豆面拌疙瘩、鸡蛋捞面、芝麻叶杂面条、蒸榆钱菜、马齿苋菜包……民间戏曲与地方美食的关联，如此紧密，仅此一篇，即可得到证明。

读冯杰，需要心静，细品，回味。冯杰之笔，不滥情，走质朴、简约之风。对他而言，以千字或数百言，叙述或描摹一个场景、一道美味、一段情愫，足矣。然而，恰恰是这种不愿多加一字的斤斤计较，使其文章质朴处显老辣，简约处多回甘。

《说食画》里的画风，冯杰似乎有意识地将吴昌硕、齐白石画作里的生活趣味，融会贯通，予以呈现。甚至，有的画作，取丰子恺漫画里的淡雅、恬淡。这些，与其随笔风格的追求，相互呼应，相互渗透。读《说食画》，需要文与画两相参照，方可体味作者的良苦用心。

冯杰深谙画与文字的关联之妙。《葛花就是紫藤》一文，写儿时记忆中母亲如何做葛花的场景，他由画切入：

紫藤最易入画。纠结着宣纸。

它在任伯年、吴昌硕、齐白石诸位的笔管上，纵横不一，上下缠绕。

……

我们一家都称作葛花。

葛花与心中母爱相连，在叙述如何做葛花之后，冯杰笔锋一转：

每到葛花开放的季节，我就伤感——母亲是在这个季节去世的。那一年的花季，葛花宛如在抢着开放，像某种预言，像和我母亲做最后的道别。它们开给我妈看。

第二年，葛花树竟是一穗未吐。花沉默。一齐沉默。

……

简约的文字里，诸多情感深藏其中。妙的是，文章以下面几句干净利落地结束：

对待紫藤花，我母亲当年有三种做法：

1. 水焯凉拌

2. 做蒸菜

3. 裹面油炸后再上锅来蒸，像蒸酥肉

不足千字的短文，随笔的丰富性得以充分体现。

另一篇《虚谷案头的菜蔬》，也是借菜蔬写画家风格：

> 我喜欢虚谷的枇杷、西瓜、松鼠、秃尾巴金鱼小品。虚
> 谷的书法写得"冷"。少年时我花八分钱买了一张虚谷的
> 松鹤印刷品，贴在枕头边。那只鹤孤零零立在墙上。缩脖。
>
> 我比较过，虚谷与八大不同：虚谷的苍凉是着了颜色
> 的苍凉，属华丽苍凉；八大的是原墨，那苍凉不着色。

寥寥几笔，生活体验与艺术欣赏，交织纠缠，尽在其中。我
想，这便是冯杰的文字耐读且与众不同之处。

譬如，在《荆芥文稿》，他居然把民间那些有人爱吃、有人
讨厌的芫荽（香菜）、荆芥、苏叶（紫苏）之类的草木食物，想
到用下面这样的文字予以形容：

> 忽然想到，像芫荽、荆芥、苏叶这些异类草木，气质异
> 样，特立独行，谢绝世界，那么不合群，都可划入明末遗老
> 范围里。

特立独行，谢绝世界、明末遗老……亏得冯杰能够想到如
此美妙的意象，添加在这些草木时蔬身上。

我猜测，冯杰一定是极为接地气的人，在民间深厚的文化

扇子一合，番茄籽粘在上面，像是皱起一扇面泼刺之声。

据说，最早的时候，番茄戴着红帽子，来到欧洲大陆，曾被视为一种危险之物，称"有剧毒"。现在我知道，这种想法与见解也是对的。番茄来到北中原，以我的经历和承受能力而言，我就知道起码从内心深处，番茄足可致人之命。

因为到现在，西红柿年年都吃，父亲早已不在了。

无端想起窗台上，那一蕉扇晒干又要游走的米黄色的番茄籽。

《说食画》247 页

寒夜客来茶当酒
诗人本来家贫，就只好弄出来君子之
交淡如水的境界啊!
丁支初春雨后冯杰煮茶一壶待客也。

《说食画》267 页

里，他将身心浸了一个透，再转身勾勒他的儿时记忆，让我们跟随他的笔，走进正在消失的民间美食文化，来一次不可多得的怀旧。

没有想到，台湾诗人管管先生也喜欢冯杰的文章。二十几年前，在广东惠州举办的第一届世界华人诗人笔会上，我与管管结识，后来也曾数次相见。这位爽快、幽默、风趣的北方大汉，其诗也洒脱、幽默。管管读冯杰文章，读出诗意，他写道："我癖梁实秋的雅舍。我癖林语堂的杂文。我癖沈从文张爱玲。我癖汪曾祺的小说。我癖吴鲁芹张晓风的散文。最近，我癖冯杰的散文。冯杰的散文都是诗，别开生面，'心是诗的呀！'出手就诗了。这与人品有关，有福生有这份心，真好。"到底是诗人，几句点评，也带有诗的醉意。

管管说得好。

套用一下我们"六根"绿茶兄的书名《在书中小站片刻》，面对中原美食日渐减少之际，我们暂且跟着冯杰，走进怀旧，小醉片刻……

完稿于 2015 年 12 月 3 日，
北京雾霾之后，大风呼啸，天空晴朗

告别权力的瞬间

——读《华盛顿传》漫笔二章

灯下，一夜夜，读法国福尔的《拿破仑论》和美国欧文的《华盛顿传》。夜色很浓。历史伟人的影子同样如此。

——题记

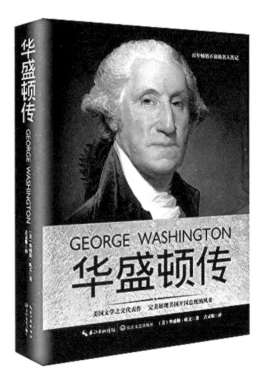

《华盛顿传》书影

伟人都属于历史。一个似乎永恒的难题困惑着史学家：是伟人创造了历史，还是历史选择了伟人。对于文人，引起他们兴趣的是不断引发故事或新意的那些瞬间。

福尔的笔那样出色，虽是历史专论，优美而精辟的语言，却俨然一部政治交响诗，一层层扫描，透彻地吟唱他心中的英雄拿破仑（透彻地——这或许是不协调的词语搭配，却只有如此，才能道出我读此书的感受）。

华盛顿·欧文的《华盛顿传》则是另外一种风格。它的语言显得朴实，更接近于史传。然而，翔实的史料叙述，依然吟唱了作者心中的伟人。

不同的史学家，都会将历史与他的心灵感受交融在一起。

拿破仑、华盛顿同样是伟人，同样高耸于历史之巅。可是，读这两本书，给人的感受则有所不同。你得怀着敬畏仰视拿破仑，华盛顿则使你感到平民般的朴实。在权力面前，他们两人有着多么大的不同，前者，似乎生命就是为权力和战争而存在；后者，则屡屡对权力的荣耀淡泊视之，告别权力的每一瞬间，都成为历史的永恒记忆。

读书笔记有许多种。将书中主人公生活的瞬间，化成自己灯下的文字，讲叙一两个使你感受深切的故事，这或许可视作特殊的漫笔。

灯下读书向无禁忌，漫笔也似应如此。

瞬间之一：解甲归田

就要告别多年相依为命的军队，告别熟悉的军官们，虽然出于自愿的选择，华盛顿也仍然无法消除心头的留恋。他激动不已，为业已结束的战争，也为士兵的最朴素的情感。

几天前，1783 年 11 月 25 日，率军开进纽约城时万众欢腾的情景，在华盛顿心中留下多么美好的回声。那是荣耀的时刻，那是万般艰辛终于得到报偿的瞬间。儿时的将军之梦，毕生的自由理想，在那一时刻，凝聚为胜利的礼花，一齐闪耀在空中。五彩缤纷的烟火，映照着纽约城每个公民喜悦的面孔，华盛顿，忍不住落下眼泪。城外，奉命投降撤走的英军，黯然无光的神情，愈加阴郁伤感。

独立战争，整整八年的战争，终于以北美十三州胜利而告结束。十三个州，三百万人的理想在华盛顿手中成为了永无变更的现实。美利坚合众国，一个新生的名字，得到它昔日的宗主国的承认，开始了它辉煌的历史。

华盛顿理应受到不容置疑的赞美。人们欢呼着。在士兵的簇拥下，他走进纽约城。多年的风餐露宿跋涉转战，没有减去他的风采。骑在马上，以优雅的姿态，他接受民众由衷的欢呼。但是，就在那时候，他早已作出了郑重选择：辞去总司令职务，解甲归田。过去多次作出的许诺，绝不是权宜之计，或者沽名钓誉的虚伪，他要用现实来证明这是出自诚恳的决定。

12 月 4 日，一条驳船停靠渡口，它将载华盛顿离开纽约，前往安纳波利斯参加大陆会议，在那里，他将正式辞去总司令。

驳船静静地躺在水面。这是华盛顿熟悉的地方。眺望远处的长岛，他怀念长眠那里的将士，回想起当年雾中撤退的情景。身边的这个城市，记录下了他的屈辱和荣耀。他从来不是神奇的将军，不过是普普通通的人。但是，只有他能够于曲折坎坷中，不屈不挠地为理想而走到终点。他可以为自己在这所城市里经历的一切而骄傲。

华盛顿上船前，走过渡口附近的一家旅馆，他的军官们聚集在这里，来为他送行，与他做最后的告别。

他走进房间，步履稳健，但没有了青春的潇洒，衰老开始爬上银发和皱纹。看到这些老战友，他再也不能保持平常的克制，激动溢于言表。他自己斟满一杯酒，神情黯然，语调异乎寻常地颤抖。他对军官们发表告别词，他说：

"现在，我怀着热爱和感激之情向你们告别。我最衷心地祝愿你们今后富裕、幸福，就像过去拥有光荣、体面一样。"

告别词结束时，华盛顿稍稍停顿一下，又补充一句：

"我不能向你们一一告别，但是如果你们每一个人来同我握手，我将非常感激。"

他的话音刚落，站在他身旁的一位将军，立即走上前去，热烈地久久地拥抱他。他激动得落泪了。许多人是第一次看到自己的将军落泪。他们再也抑制不住激动,每双眼睛都泪光闪闪。他们一一走来,亲切地同华盛顿拥抱,默默地,没有一句多余的话。

一个意义深远令人回味无穷的场面。权力的诱惑,刹那间变得毫无意义。这是真正的军人,真正的将军。这里虽然没有刀光剑影,却远比任何战场更富色彩,比任何战火更能映照出军人的高尚品质。

告别之后,华盛顿率先走出房间,军官们仍然默默地跟在他的身后,脸上从来没有此刻这么严肃庄重,仿佛跟随这位他们爱戴的将军,去进行又一次艰巨的战争。

华盛顿挥挥手,向肃立两旁的一队年轻步兵致意,步行到渡口。登上驳船,他转过身,扶在船舷上,一只手挥动帽子,向送行的人们默默告别,白发飘动在轻风中。岸上的军官,也挥动着帽子,他们目送驳船缓缓驶去,一直消失在远方。

船航行着。浪花轻轻拍打船身,飞溅的水珠,落在华盛顿的身上。他没有走进船舱,还是默默地凝望远处的白云。白云何悠悠。

本来,他还有许多话要在告别时说出,无奈那种场面,他无法如平常一样冷静而富有条理地表述自己的种种想法。告别军队,解甲归田,并不意味着他不再关心国家的命运,只满足于在那富饶广阔的庄园里过悠闲生活。他只是不愿意让自己成为民主政体的障碍,权力于他,没有诱惑。对于以后的美国,他有自己的想法，他希望在辞去总司令一职时，他的意见能够引起大陆会议、军队以及所有美国人的重视。

几个月前，在英军还没彻底投降之前，他就在一次演讲中阐述过这些意见，如今，船向大陆会议驶去，它们变得愈加明朗，如同海水般清澈。在华盛顿看来，对于一个独立的美国，自由是基础。无论谁都不能以任何理由破坏它。他更希望国家组成牢不可破的联邦制度，由首脑行使宪法赋予的权力。

安纳波利斯到了。华盛顿出现在大陆会议的大厅里，他把辞职的时间定在 1783 年 12 月 23 日中午 12 钟。大陆会议接受了他的辞职。

华盛顿站立在讲坛上。在过去的岁月里，大陆会议与他有过一些不愉快的日子，但他自始至终尊重它的决议，他把它视为民主政体的具体体现。此刻，在这个庄严的场合，他捧出自己的全部真诚。他告别军队，告别公职，也是在告别一个时代，未来的生活在等待着他。

他深情地向大家说出最后一段话：

现在完成了委派给我的工作，我要退出这个大舞台了。长期以来，我一直是按照这个庄严机构的命令行事的。在向这个庄严的机构亲切地告别的时候，我在这里交出我的任职令，并且结束公职生活的一切工作。

华盛顿辞去总司令。高泉绘

第二天，华盛顿就离开安纳波利斯，向家乡弗农庄园奔去。圣诞前夜，他终于回到了妻子身旁。翌日清晨，华盛顿从楼梯上走下。他身着便装，神态悠闲，愉快地同家人打着招呼。然后，走出家门，跨上马鞍，缓缓地向河边走去。

新的一天开始了。新的生活开始了。

瞬间之二：坚辞总统

没有人像他那样，再一次将显赫的权力视若淡泊；没有人料想到，在辞去总司令之后十三年的1796年，华盛顿会再度经历一个类似的历史场面。

他真正老了。白发苍苍，映衬着疲乏的倦容。就任总统八年来的辛劳，比战争更使他心力交瘁。没有战场上的剑拔弩张和漫漫硝烟，但一个新生国家政体的确立、外交立场的选择、内阁成员间的平衡，无不困扰着他，逼着他施展出更多的智慧和才能，包括令人信服的美德。

本来，从一开始他就不愿出任如此重要而艰难的职务。解甲归田后，弗农庄园的管理，充实着他的心。种植、狩猎、算账，诸如此类的日常生活，使他渐渐淡忘战争的紧张，真正体味到无官一身轻的乐趣。他悠然自得地向朋友描述自己这种安逸的家庭生活：一幢小别墅里，四周放置着农具，张挂着羊皮。夏日炎热，他在自己料理的葡萄架下、无花果树荫下静心乘凉。他说他只想求得安静，从容地沿着生命之河顺流而下，直至被安葬在祖先沉寂的宅第。

然而，他的心境并非超然于国家的命运之外。他更无法将自己的意志同人民的选择形成对立。最终他只好勉强地离开庄园，再度重返政坛，成为美国第一任总统，那是1789年的春天，四年后，又不得不连任。如今，八年即将过去，华盛顿不能不作出谁也无法更改的决定：不参加竞选第三届总统，尽管人民会拥戴他。

华盛顿不是轻率地作出这样的决定。他看到，年轻的美国，已经开始成熟，由他领导的宪法制订会议，早在1787年已为美国的存在和发展确立了一部宪法。他完全可以心安理得地离去，无愧地向民众表白：自己在执政八年间始终没有存心犯错误。这是自谦的表白。

他决定离去，更是不愿让权力如此长久地集中在一个人手中。他理想的民主社会，应该制约个人权力，应该让更有才能的人脱颖而出。衰老，已使他渐渐感到体力不支，庄园的悠闲，是那么诱人。他必须回到那里去，那里，才是他真正的归宿。

1797年3月3日，这是华盛顿担任公职的最后一天。在此之前，他已经在报上发表了引退演说，与国会两院议员作了最后会面。自那时起，他就计算着最后卸任的日子，这一天终于来到，他如期举行告别宴会。第二天，3月4日，他就该作为前任出现在新总统亚当斯就职仪式上。

宴会上，各国使节和夫人、首都政界名流愉快地欢聚一堂，陪伴华盛顿，与他告别。

华盛顿含着笑意，伫立一旁。这是令人陶醉的时刻。想到就要告别荣耀但又喧闹复杂的政坛，他感到难以抑制的喜悦。这种渴望由来已久，现在变成了现实。他频频举杯，与周围的客人寒暄。他想到九个月前就对人说过的话，今日它们好像更能反映他此刻的心境：

　　　　　　　　　　　　　　　　　美丽如斯

……我早就怀有的渴望，那就是告老还乡，安享天年，怀着莫大的安慰，想到自己已经在能力许可的范围内对祖国尽了最大力量——不是为了发财，不是为了飞黄腾达，也不是为了安排亲信，使他们得到同他们的天赋才干不相匹配的职位，当然更不是为了给自己的亲属谋求高官厚禄。

　　他将坦然地离开这里。

　　宴会快要结束时，华盛顿如同十三年前同军官告别时一样，自己斟满了酒。他慈祥地举起杯，说道：

　　女士们，先生们，这是我最后一次以公仆的身份为大家的健康干杯。我是真心诚意地为大家的健康干杯，祝大家幸福！

　　人们突然寂静无声，直到此时，他们似乎才意识到这是一个难忘的庄重时刻，适才快乐的气氛，顿时变为少有的严肃、宁静。女人们竟然无法抑制一段突如其来的激动，流出了眼泪。

　　宴会默默地结束。人们多么希望它不会结束，甚或它从未举行过。

告别权力的瞬间

辞去总统一职的华盛顿在告别宴会上。高泉绘

　　第二天上午十一点钟，华盛顿最后一次出现在国会大厦里。闻讯赶来的群众，聚集到大厦周围；礼堂里，也挤满了人，他们想与华盛顿最后告别。

　　人们欢呼着，女人们不停地挥舞手帕，向缓缓走进大厅的华盛顿致意。华盛顿没有讲话，只是作为一个普通公民，注视着新任总统亚当斯宣誓就职。亚当斯在就职演说中，以无比景仰的心情赞美华盛顿。他知道，大厅里的每一个人，都会同他一样感受到华盛顿伟大而平凡的魅力。他称颂华盛顿："长期以来用自己的深谋远虑、大公无私、稳健妥当、坚忍不拔的伟大行动赢得了同胞们的感激，获得了外国最热烈的赞扬，博得了流芳百世、永垂青史的光荣。"

没有什么话能比这几句更确切地表达大厅里人们对华盛顿的崇敬。热烈的掌声，回荡在大厅，回荡在华盛顿的心中，他感激地向人们挥挥手。

仪式结束，华盛顿先行离去。行至门口，风度翩翩的先生女士们，突然失去了节制，争先恐后地拥向他，拥向走廊。拥挤的人群，几乎造成伤亡，他们都想再看上一眼这位受爱戴的老人。

华盛顿走上大街，挥动礼帽，向群众致意。人们依依难舍，不愿离去，跟随他的马车一直走到他的寓所门前。这是任何语言也难以描绘的情景，这是任何人为的场面无法取代的真诚欢呼。在这一瞬间，领袖与民众，伟大与平凡，历史与未来，得到了完美而统一的体现。

华盛顿哭了，他再也无法保持冷静。他未料到群众的热情如此高涨。他行至门口，转过身，人们发现，他泪花点点，脸上的神情似是严肃，又似悲哀。他一时说不出话，只是挥动着手向人们表示谢意，任满头银发，飘动在微风里。他会把这一瞬间感受到的一切，珍藏在记忆里。

他走进寓所。门外，人群久久未能散去。

1990 年 12 月

贾植芳先生和他的家书

历史备忘书系
主编 李辉

贾植芳 任敏 著
长江文艺出版社

贾植芳、任敏夫妇的重要非虚构作品《解冻时节》

1

认识贾植芳先生是在二十年前，当时他刚刚获准从监督劳动多年的印刷厂，回到复旦大学中文系资料室重操旧业。

中文系在校园西南角一幢三层旧楼。楼房多年失修，记得木楼梯和地板走起来总是咯吱咯吱发响。楼道里光线昏暗，但资料室并不宽敞的空间，却令人有豁然开朗之感，仿佛另外一个天地。

资料室分两部分，外面是阅览室，摆放着各种报纸杂志；里面则是一排排书架，书籍按照不同门类摆放。一天，我走进里面寻找图书，看到里面一个角落的书桌旁，坐着一个矮小精瘦的小老头。有人喊他"贾老师"，有人喊他"贾先生"。我找到书，走到他的身边，与他打招呼，寒暄了几句，具体说了些什么，已记不清楚了。从那时起，我就喊他"贾先生"。后来，到资料室次数多了，与先生也渐渐熟悉起来。面前这个小老头，热情、开朗、健谈，与他在一起，没有任何精神负担和心理压力，相反感到非常亲切。每次去找书，他会与我谈上许久。在课堂教学之外，从他那里我知道了不少现代文学中的人物、作品和掌故。

后来，我成了他家里的常客。喝得最多的是酒，吃得最多的是炸酱面。再后来，还是喝酒，还是吃面，但听得最多的则是动荡时代中他和师母两人的坎坷经历，以及文坛各种人物的悲欢离合、是非恩怨。

有一次，我正在资料室里找书，看到一位老先生走进来与他攀谈。他们感叹"文革"那些年日子过得不容易，感叹不少老熟人都不在人世了。那位老先生当时吟诵出一句诗："访旧半为鬼，惊呼热中肠。"这是杜甫的诗句，写于安史之乱之后。

说实话，当时我对他们这样的对话，反应是迟钝的。更不知道先生此时刚刚从监督劳动的印刷厂回到中文系，历史罪名还压在他身上，对变化着的世界，他怀着且喜且忧的心情。我当时进校不久，虽已有二十一岁，但自小生活的环境、经历和知识结构，使得自己在走进这个转折中的时代时不免显得懵懂。许多历史冤案与悲剧，许多历史人物的是非曲直我并不知情。然而，不知情，也就没有丝毫精神负担，更没有待人接物时所必不可少的所谓谨慎与心机。我清晰记得，当时自己处在一种兴奋情绪中，用好奇眼光观望着一切，更多时候，不是靠经验或者知识来与新的环境接触，而是完全靠兴趣、直觉和性格。

当时真正称得上是历史转折时刻。思想解放、真理标准讨论、改革开放，一个新时代，仿佛早在那里做好了准备，在我们刚刚进校不久就拉开了帷幕。印象中，当时的复旦便是一个偌大舞台，国家发生的一切，都在这里以自己的方式上演着令人兴奋、新奇的戏剧。观念变化之迅疾，新旧交替的内容之丰富，令人目不暇给，甚至连气都喘不过来。上党史课，一个星期前彭德怀还被说成是"反党集团"，一个星期后就传来为他平反昭雪的消息；关系融洽的同学，一夜之间，变成了竞选对手而各自拉起竞选班子；老师和学生在课堂上会因见解不同而针锋相对，难分高低；同学发表《伤痕》《杜鹃啼归》，点燃了许多人的文学梦……就是在这样的环境、这样的气氛中，每个人变得成熟起来。思想在自由流动，视野在渐渐拓宽，知识在不断丰富。二十年来每个人的发展，都是从这所可爱校园里起步。

引发出我这样一些感触的历史场景，当然就包括着与贾先生最初的接触。不久前我到上海，先生说他正在整理1978年前后的日记。他说我的名字大概在1978年年底时候开始出现在他的日记中。不过，最初他写成"小李"，而不敢写出我的名字。他说他有所顾虑，害怕会牵连了我。过了一段时间，才开始直接写出我的名字。他告诉我这些往事时，已是八十五岁高龄的老人。我很感动，为他的善良，为他对学生的厚爱而感动。

触动我的还有先生的余悸。新旧时代转换，人生大落大起，季节乍暖还寒，不少有过他那种经历的人自然而然产生出这样一种心理状态。这是历史的产物。这样的余悸，也许早已成为远远消失的陈迹，渐渐被人淡忘。但当我一封又一封整理先生1972—1978年间写给任敏师母的几十封家书时（这次选载的是一部分），这样的感触，便又成了我了解、理解他们的人生历程的重要心理准备。同时，一个变得陌生而遥远的时代，也就再度浓墨重彩地在那些字里行间凸现出来。

2

先生保留下来的这些信，真实而完整地记录着一个时代的背影。从对亲人和故乡的思念，到对个人处境每日变化的描述；从购物细节，到生活叮嘱；从在印刷厂监督劳动，到回到中文系资料室重操旧业……六七年间个人的琐碎生活，无不映衬着一个个重大历史事件的发生和动人心魄的历史瞬间。一旦联系到他们的命运变化，联系到产生这些家书的时代环境，它们就显得并不普通平淡。

俱是解冻时节的生动记录。

对于他这种身背"胡风反革命分子"罪名的人来说，对于许多曾经被冰冻封存起来的人来说，1972 年可以说是一个解冻时节的开始。

大约一年前，我第一次读到先生在将近三十年前写给师母的信。

那次，我到上海，他递给我一撂信，说："这是我和任敏的一些信，你拿去看看，帮忙整理一下。"

> 正惦念中，接到你在襄汾车站来信，知道一路顺利，很是高兴。那天晚上车开后，我步出站台，乘车回校，九点多到了家。你走了，觉得房间分外的宽阔、空虚，但觉得你这次来，在上海住了这么一个时候，心里实在喜欢，尤其看到

你身体健壮，精神焕发，这对我安慰鼓舞很大。望你在乡间健康地生活、学习和劳动，尤其要牢记毛主席教导，要学习谦虚、谨慎、戒骄、戒躁的高尚作风，在农村这个广阔的天地里，把自己锻炼好！

……

上面这封信写于1972年5月21日，是这批信中的第一封。

"1972年？我还在念初中哩！"

当时读完这封信，我脱口便是这样一句。的确，对不同年龄不同经历的人来说，1972年的含义是大不相同的。像我这样年纪的人，那一年与前一年其实很难说有什么特别之处。可是，对贾先生，以及比我们年纪大一些的几代人，它的意味却极为深远。

一切均因不久前的林彪事件而发生潜在的历史变化。

无数"文革"的参与者，肯定最为强烈地感受到这一变化。林彪事件的发生，不仅仅将领导层的矛盾冲突，以一种激烈、充分戏剧性的形式呈现在世人面前，它更无情动摇了人们业已形成的盲目崇拜、狂热投入的信念。于是，均衡被打破，偶像也不再成为偶像。大张旗鼓的运动方式开始变得如同虚张声势的演出，受到不少人的冷落或者消极应付。可以说，不管是否清醒意识到，对不少有识之士而言，他们内心开始出现忧虑、疑惑与沉思。对历史的理性判断，或多或少成为人们的一种愿望和内在要求。

冰冻的情绪、思想，开始萌发新的生机。或者更准确地说，人们心里萌生出希望。

与之相伴随，被疯狂、高压、严酷捆绑得令人几乎喘不过气的生活，也渐渐趋于松动。正是在这种背景下，类似贾先生这样一些被管制的"异类"，所处的环境也就开始有所改善，周围的压力不再那么严重。这一年之后的一些家书能够保留下来，无疑与这一现实变化有关。

只是我没有想到的是，当我和同学们顽皮活泼地度过1972年的时候，在遥远的上海，会有一位长者用特殊心情，写出这样的家书。并且，几年之后，我成了他的学生，他们家里的常客。再过二十年，又成了这些信的读者。

3

十多年前，当我写《文坛悲歌——胡风集团冤案始末》一书时，我曾有过这样的感慨：像胡风夫人梅志、路翎夫人余明英、贾植芳夫人任敏等这样一些受难者的妻子，和俄国十二月党人的妻子多么相似！她们背负着历史的磨难，甚至比丈夫承受更大的压力，在风风雨雨中走过。她们未尝一日淡忘过对亲人的思念，她们始终坚守着正义的信念。即便没有机会与亲人重逢，即便亲人也不知道她们的现状，但正是她们的存在，正是她们这种坚韧，成为亲人们精神的支柱，成为他们生命中不可缺少的一部分。我当时在书中专门写了一章"受难的妻子们"，正是想表达出我的这种敬意。

在认识先生和师母并且逐渐了解到他们的人生故事之后，这对个头一样矮小、一样精瘦的夫妻，在我心目中一直是魁梧而高大的形象。他们相濡以沫，共同走过磨难。环境险恶，人心叵测，可是他们从未失去过做人的根本。正直、善良、坦荡、乐观，构成了他们的人格。我知道，不同时期的弟子们谈到对先生的敬意和感激时，常常也就包括师母在内。

在某种程度上，师母经历的磨难更加令人痛彻心骨。

当年因为胡风案件爆发，先生率先被捕入狱。仅仅几天后，师母也被捕入狱。一年多后，她被释放。但很快，在1958年底从上海被下放到青海。初到青海，师母被安排到山区教小学。不到半年，上海的检举信到了青海，揭发师母在一位上海朋友家里的时候曾为胡风集团鸣冤叫屈。于是，她又再度被关进了高原监狱。

师母初入狱时，凑巧看守所所长也是山西人，她受到照顾，被安排当女囚犯头目，协助所方管理。这样，她也有了一定自由，可以里里外外随便走动。可是，最为艰难的日子来到。这便是饥荒岁月。在青海，饥饿像瘟疫一样蔓延。一位牧民犯人饿得难以忍受，便央求师母帮助弄一碗牛奶喝。她想方设法偷来一碗，没想到，那牛奶是公安局长的，结果她被关禁闭，戴上了手铐。

从此，她被罚从囚室里往外抬每天饿死的犯人尸体。尽管她个头矮小，体弱无力，可是，她不得不经受这种折磨，常常是每次抬完回到房间，她就会感到头晕目眩。

1962年，她出狱了，回到山西襄汾贾植芳的家乡，和公公婆婆一起生活。先生仍在监狱，她必须承担起照顾他们的责任。后来，果然是她先后将两位老人送终。她的出狱并不是正式释放，而是当时那里实在无粮，让她自寻活路。临行时还留给她一句话："先让你回去，什么时候要你来你就来。"

回到家乡，师母首先想到的是尽量打听到先生的下落。经过多方打听，她得知先生仍关押在上海的提篮桥监狱。于是，便有了先生后来回忆的那个动人细节："1963年10月，我突然收到了一个包裹，包裹的布是家乡织的土布，里面只有一双黑面圆口的布鞋，鞋里放着四颗红枣，四枚核桃。这是我们家乡求吉利的习俗。虽然一个字也没有，但我心里明白，任敏还活着，而且她已经回到了我的家乡。这件事使我在监狱里激动了很久很久。"

1966年春天先生出狱，但仍属管制对象，师母和他只能书信往来。直到一年多之后的1967年9月，她终于凑够了钱，乘上开往上海的火车。她没有告诉先生她要来探望他的消息，也许她更愿意让他感到惊喜。

她来到先生的住所。时已中午，先生还没有回来，她静静地躲在宿舍大门后面的角落。她害怕碰到认识的人。

劫后重逢的贾植芳、任敏夫妇

先生回来了。他刚走进大门，手提包袱的师母突然在旁边叫了一声："植芳，我来了！"

感人的一幕。

我的叙述没有一点儿加工，甚至比师母的回忆还要简略、平淡。可是，当年在他们住的那个小阁楼房间里第一次听到她回忆这些往事时，我沉默了好久。很多年后再写到这些，我仍然感到一股激动撞击心胸。

4

知道了先生和师母的这些故事，再读他们之间的家书，便对先生每封信里对师母所表现出的关怀、叮嘱、细致，有了更为深切的感受。

在这些家书中，先生一再强调的是生存的信念。他始终相信历史是公正的，而要等待这一公正的结果，生命是首要的。因此，他不厌其烦地叮嘱远在农村的师母，要注意吃好吃饱，要注意休息。他用各种方式各种语言为他们彼此鼓劲。"附信寄来的窗花——一对小鱼，我很感兴趣，联想到我国古代的大作家庄生的话：'涸辙之鲋，相濡以沫。'我们各自勉励，努力学习改造，争取早日团聚。"（1973 年 2 月）

健康，团聚，这便是一对受难夫妻当时最起码、也是最大的愿望。

> 这些日子没什么事，我身体精神都很健康。处理的事，也许需要上面批示，我这么想，所以还得等等，不能着急。来信说，你常想到这半年来忙于你的生活，想到我穿衣问题，等等。快不要这么想了，我常说，我们现在的唯一要务，就是集中一切力量保持两个人的身体健康，这是根本的根本，是最大的财富和幸福，穿的衣服只要能贴体和御寒就行了。你先不必为我的衣着操心，我倒是担心你腿不好，怕受寒，所以很想先把你的棉裤寄回，来信说，预请做一条，那也行，如无条件，即来信，好把旧的寄回。总之，首先要照顾吃饭，我住在大城市里，吃的总比你在乡间强些，

每念及此，心里也很难受。但想到这些年艰辛的生活，对我们的改造和锻炼的意义，那收获就很大，也许这就是我们将来能再为人民和革命做些有益的事的最坚实的基础，如我所说，是千金难买的。这么一想，我觉得心胸很是开朗和广大。我想，你也应当有此体会。(1972年12月10日)

六月十二日的来信及汇来的8元钱收到了。知道你身体大健，使我精神上的负担得到解除，很是高兴。虽然如此，但你年纪大了，加上生活的艰苦，应该从这次病中得出教训，重视生活上的保健工作，这样身体健壮，才能保持旺盛的精神力量，在生活和劳动中得到锻炼，为我们后半生的幸福，建立稳固的根基。要注意劳逸的适当安排；要加强学习，在思想上跟上时代前进。学习剪窗花很好，这也是一种精神修养，使精神上有所安排，集中，这样也能排除一些物质生活上的艰苦，保持一种内心的安乐和愉快。(1973年6月24日)

你身体都好，我很高兴，反正我们这么拖了近二十年，两个人身体都好，并从艰苦生活中获得很大的思想收获，这就是最好的教育。还是那句老话，把我们的财力尽量用于支持生活，保持健康，你不能光吃窝窝，要吃细粮，年纪大了，乡下副食品又少，哪怕暂时不要买什么用品，一定要

把经济力量集中用在生活上，精神健康，它就是我们最大的幸福。（1973年7月2日）

你这些日子生活如何，是否吃白面？要吃白面。生活上绝不能过于克苦，以致影响健康。油少，就多吃些蛋，一定要保持必要的营养水平，把身体搞好！（1976年11月5日）

什么叫"相濡以沫"？读了这些文字，我明白了。

5

漫长、痛苦的等待终于结束。

读1977、1978年先生的家书，可以一步步感受到他内心的变化。还是那个乐观、傲然而立、不卑不亢的贾植芳。

他完全有资格这样向世人宣称：

这三十年来我们经历的生活是极为严峻的，但也是对我们在政治上和思想上的长成起了巨大推动作用的，因此也是非常有意义的。所以虽然艰苦，我们却没有陷入悲观和颓唐的泥坑，我们走过来了！我们在精神上还保持着年青〔轻〕人的气质和纯正。这些你一定是有所认识和体会的。（1977年10月4日）

今年春节，我去上海看望先生和师母，翻阅他在 1978 年之后那几年的日记，这些日记，正好与这批家书在时间上相衔接。它们真实记录着解冻时节中一个知识分子如何迎来新生，继续走向未来的行程。我很高兴自己能够成为他的日记中的一个人物。

翻阅它们时，师母在旁人的搀扶下走到先生和我面前。她已重病多年，几次被宣布病危。可是她却顽强地与命运较量，屡次转危为安，被医生视为奇迹。尽管有时她处在昏迷状态，我仍相信她未尝一时忘怀先生。她非常明白她的存在对先生所具有的意义。她是先生精神的支柱。她仍然为他而努力活着。

他们一直在以自己的生命，以动人的情感，为这些家书做着最好的印证。

1999 年 3 月 7 日，北京

结缘《童年与故乡》

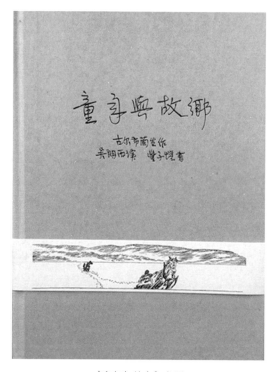

《童年与故乡》书影

美丽如斯

一　钟叔河念念在兹

顷接广州戴新伟兄来信，言及收到钟叔河先生惠赠的新著《小西门集》，读其中《记黄永玉》一文，方得知 1998 年《童年与故乡》的重新出版与我有关。他很喜欢这本漫画书，从家乡到广州，一直带在身边。新星出版社去年再出新版时，他又购得一本珍藏。他很想知道这本书背后的故事，建议我不妨详加叙述。

一个不错的建议。

且先从钟叔河的文章说起。《记黄永玉》一文写于 2000 年，钟叔河记叙他与黄永玉一年之前在长沙的一次相聚。文末一段，他这样写道：

> 临别时，我建议他作自己的画传，提到解放前吴柳西译过北欧某画家所作的一册。他立刻记起了是古尔布兰生的《童年与故乡》："的确是妙不可言，好得很。李辉将它重印出来了，我要他给你一本。"

我没有想到，一本漫画书《童年与故乡》成了两位老人的一个话题（钟先生将中文版译者吴朗西的名字误记为"吴柳西"）。

2010 年，我送钟先生一册拙著《传奇黄永玉》，他请杨小洲兄带来一册《笼中鸟集》回赠，扉页上书写"李辉先生哂正，钟叔河奉，庚寅三伏于长沙"。写毕，他意犹未尽，又附言一句："《童年与故乡》还能为我找一本吗？黄永玉说过，'我会叫李辉给你一本'的。"写此句时，距他们二人见面聊天十年有余，但他仍对《童年与故乡》一书念兹在兹，足见他对此书神往不已。

等收到钟先生赠书并拜读附言时，我已无《童年与故乡》存书。适逢《读库》张立宪兄推出豪华全本《童年与故乡》(新星出版社，2010年)，当即与之联系，他爽快应允速递一册至长沙，以纾解老人期盼之情。立宪兄还高兴地告诉我，这一版本颇受读者欢迎，不到一周，网上即售出近千册。

《童年与故乡》由文化生活出版社（以下简称"文生社"）初版于1951年，沉寂近半个世纪后才重新浮出水面。可是，一旦浮出，即再获出版者青睐和读者喜爱，诸多书缘，串联如珠。

二 黄永玉促成"浮出水面"

1998年初春，在黄永玉先生那里，我第一次见到了《童年与故乡》。

我们夫妇在黄先生书房里聊天，其间，他问我们："有本挪威画家的书你们看过吗？妙极了。"一边说，一边站起来，他从书架上抽出这本书递给我们。十六开，不到九十页，薄薄一册，封面白里泛黄，童年与故乡、古尔布兰生作、吴朗西译、丰子恺书，从书名到译者，封面上的这些内容，乃至书中所有配画文字，均由丰子恺亲笔书写，一本漫画书，设计考究别致，让人爱不释手。

"送给你们吧。"黄永玉当即在扉页题写一句话，大意是："几十年前出版的一本有趣的书。"他还补充说："其实，有机会可以重新出版。"

回到家中，细细翻阅，边看边乐，忍俊不禁。果然如黄永玉所说，这是一本颇具生活情趣的妙书。作者以洗练而韵味十足的风格，讲述自己从童年至成年之间的一个又一个故事，童年的稚气、顽皮，小学生与老师间的恶作剧，新兵生活的滑稽等，在简约而夸张的配图呼应下，妙趣横生，温馨快乐，回味无穷。

"我四岁的时候，草比我高得多。别的东西我看见得很少，草里面却是很好玩的。草里面有鸟儿。它们把草茎连拢来做巢。小鸟们还没有眼睛。我用我的手指触着巢的时候，它们以为它们的爹娘来了，便把嘴巴张开。我就把我的唾液涂在草茎上喂它们。我把草茎插进它们的嘴巴里去。……"这是全书开篇，充满童趣，随即伴随一位大孩子为作者设计的一次恶作剧，一个人的一生如此这般铺开。

全书终篇，作者结束兵役回到家中。作者入伍的前一天，妻子为他生下一个孩子，他在军营一直牵挂母子，不停地给妻子写信，却从未收到回信。他为之忐忑不安。走进家门，眼前是这样一幕：

> 当我沿着围绕我的住宅的长廊行走的时候，地板也在我的脚下发出寂寞的声音。我推开起居室的门，她正坐在火炉旁边，两腿叉得很开，把孩子抱在膝上，好像我昨天才离开她一样。我站着，用手按在门上。
>
> "啊，怎么搞的……你为什么不写信给我？"
>
> 没有回答。

古尔布兰生的童年与故乡，戛然而止。

最喜欢全书的最后一幅图。文字只有一个："完"。画面上，一个如同天使般的小孩深深弯腰，只可以看到光屁股，背上伸展出天使的翅膀。他正在用左手熄灭蜡烛，烛烟袅袅，笔直飘至天空。作者以这一简约而有趣的画面，结束了韵味无穷的叙述，那道蜡烛余烟，长长的，就像全书留下的回味。

查《不列颠百科全书》，作者条目如下：

> Olaf Gulbransson（1873—1958），居尔布兰松。插图画家，属于二十世纪初期德国讽刺画家之列，以肖像讽刺画著称。亦是最早讽刺希特勒的画家之一。早年求学于挪威画家绘画学校，曾在挪威几家报纸任职。1900年访问巴黎后，汇集挪威名人讽刺画像出版了第一部画册。1902

年移居慕尼黑，开始与当时的重要刊物《质朴》长期合作。以讽刺温和、风格稳健、线条简练著称。

吴朗西将作者译为"古尔布兰生"。古尔布兰生，出生于挪威首都奥斯陆，后来旅居德国，故被称作"德国讽刺画家"。但《童年与故乡》所述，均是他在挪威的生活故事，这就难怪黄永玉、钟叔河都习惯将之视作挪威画家。

关于《童年与故乡》，吴朗西在"译者后记"写道：

> 本书原名 ES WAR EINMAL 本应译为"从前"，"童年与故乡"，系由译者改题的。
>
> 《童年与故乡》出版于一九三四年，是他的童年生活的纪录。四十篇散文，两百幅漫画，非常生动有趣地描述他的童年、家庭、学校、军队、初恋以及顽皮生活，同时旁触到北欧的大自然和它的动物、山林，以及纯朴粗野的农民生活。图画文字都有独特的风格。

作为现代中国最有名的漫画家和散文家，丰子恺以善于表现童趣而著称，他接受吴朗西之邀，乐于为中文版亲笔书写全书文字，可见其对之喜爱有加。他在"书者后记"中，对《童年与故乡》的画与文两者均评价甚高：

古尔布兰生的画，充分具有写实的根底，而又加以夸张的表现，所以能把人物和景物的姿态活跃地表出。他的文字近于散文诗，也很生动。他把童年在故乡所为、所见、所闻的精彩的片段，用绘画和文字协力地表现出了。有的地方文字和绘画交互错综，分不出谁是宾主。这种艺术表现的方式，我觉得很特殊，很有趣味。这可说是一种特殊的连环图画。

读丰子恺的评价也不难理解，同样兼画家与作家于一身的黄永玉，为何对《童年与故乡》如此偏爱，最初的阅读印象与他相伴五十年，依然清晰。读黄永玉近年在《收获》连载的自传体小说《无愁河的浪荡汉子》，参照欣赏他所画自己的童年与故乡相关的插图，即可发现，他的童年记忆，他所描绘的妙趣横生的场景与对话，与《童年与故乡》恰有艺术的相通之处。

所谓艺术家惺惺相惜，就在丰子恺、黄永玉与古尔布兰生之间的历史关联中。

黄永玉说得不错，《童年与故乡》的确是一本值得重新出版的书。我首先想到了擅长出版图文书的山东画报出版社。

是年，山东画报出版社创办不久，由王家明先生主政，因《老照片》系列的推出而有异军突起之势。家明兄读我在《收获》上的专栏"沧桑看云"，专程来京，两人相谈甚欢，商定编选专栏中所写"文革"人物命运的文章，结集出版，即《风雨中的肖像》——山东画报出版社创办后的第二本书。我们的合作也由此开始。我访问瑞典归来,带回汉学家林西莉女士送我的一本专著 *China, Empire of Living Symbols*(中国,活的符号的王国),颇为喜欢,向家明兄推荐,他同意出版。我约请译者,并与瑞典驻华使馆取得联系,得到资助,最后将中文版书名确定为《汉字王国》出版。在此期间,我们夫妇翻译了一本瑞典画家卡尔·拉松的图文书《我们一家,我们的房子,我们的农场》,也交由他出版。《童年与故乡》也是描写北欧生活的书,将之推荐由山东画报出版社出版,自在情理之中。

家明兄爱书如痴,也十分喜爱《童年与故乡》。在他的努力下,1998 年 10 月,古尔布兰生和卡尔·拉松的两本图文书,同时出版,令人高兴。

当然,也有缺憾。"山东版"完全根据 1951 年版本重印,遗憾的是,无新版说明,也未提及该书源自文化生活出版社初版。去年的"新星版"则弥补了这一缺憾。"新星版"有一出版后记,详述版本由来。尤为难得的是,立宪兄为求完美,费一番周折,淘来 1934 年《童年与故乡》德国原版老书。"新星版"恢复原开本,装帧也走精美、大气的方向,让人爱不释手。丰子恺当年书写文字时,尚是繁体字时代,"新星版"考虑当今读者需求,特地附录简体字文本,使之更完善。所谓后来者居上,《童年与故乡》六十年的中国之旅,恰是一个好的证明,堪称佳话。

不过,对我个人而言,却另有遗憾——"山东版"和"新星版"对黄永玉先生的促成之功，均未加以说明并致谢。更为可惜的是，他赠送我们的那本写有题跋的《童年与故乡》，在1998年的某个出版环节被遗失了。每念及于此，仍难释然，总希望还有机会再遇见它。

三　最初的亮相

其实，《童年与故乡》在中国的最初亮相，不是1951年，而是1935年，即在德国出版后的第二年。翻译与引进之快，足见当年中国出版与世界的沟通，相当敏感与顺畅。

吴朗西1951年在"译者后记"中写道：

> 我非常爱好古氏的作品，并认为有向国人介绍的必要。一九三六年我编辑《漫画生活》月刊（上海美术生活杂志社发行）的时候，除介绍古氏的政治性漫画外，并将本书译出一部分，发表于《漫画生活》上。后来《漫画生活》被迫停刊，译述也就中止了。

从姜德明先生处借来几本《漫画生活》，发现《童年与故乡》连载始于1935年2月（《漫画生活》第六期），而非1936年。该书最初的译名，既非"从前"也非"童年与故乡"，而是"过去"；作者的译名为"古尔卜兰生"，而非"古尔布兰生"。

吴朗西留学日本时主攻德国文学,但他对美术尤其是漫画,情有独钟。九一八事变爆发后,他提前归国,参与创办的第一个杂志即是《漫画生活》。三十年代,在翻译连载《童年与故乡》之后,他还相继翻译出版过德国漫画家卜劳恩的作品《父与子》、亨利·遮勒(Heinrich Zille)的《柏林生活素描》,在引进国外漫画、推动中国漫画发展方面,厥功显著。

吴朗西主编《漫画生活》时,发表一组文章介绍几位外国著名漫画家,古尔布兰生是第一人。在开始连载《童年与故乡》时,他发表《奥纳夫古尔卜兰生及其作品》一文,谈及古尔布兰生移居德国后,与德国著名漫画杂志《质朴》(*Simplicissimus*)的关系。《质朴》名称,源自 17 世纪德国小说家格里美豪森一部长篇小说中的主人公名字,此小说即《痴儿历险记》。吴朗西在文章中,特意介绍《质朴》杂志与现实政治的关系:

> 四十年来这本刊物(《质朴》*Simplicissimus*),本其一贯前进不偏不党至大无畏的精神,在帝政时代批评讽刺军国主义和"威廉主义",愈受压迫而斗志愈盛。因为编者坚持着思想自由发表的主张获得智识界的尊敬同情。托尔斯泰曾经称赞 *Simplicissimus* 有许多美德而"不说诳"为其最大的美德。所以就是在国社党的统治之下,而古尔卜兰生的漫画还是尖锐地讽刺批评希特勒及其党中的无

理狂行。

《质朴》是漫画杂志，却与文学有很深渊源，为之撰稿的作者，包括德国的托马斯·曼、瑞典的斯特林堡、法国的法朗士等享誉世界的作家。吴朗西创办《漫画生活》，刻意借鉴《质朴》做法，除刊发漫画作品外，他还约请丰子恺、巴金等作家撰稿。漫画与文学携手同行，相互辉映，是吴朗西的出版追求，及时翻译引进古尔布兰生的图文作品，正与之相吻合。

吴朗西这样概述古尔布兰生的漫画艺术：

现在我们对于这位天才漫画家的作品且略事研究一下罢。

古氏的初期作品《易卜生的肖像》便充分地表现出他的天才的画腕，只看他在寥寥的几笔速写当中将一位勇敢斗士的全副神态活画出来。他的中期政治漫画如《迭尔加士的新骑》，描写德国因迭尔加士的外交而深感困恼时的情态（画中树上之鹰即系代表德国罢。）意思是非常简单恰当，笔调迅速而稳定，不过火也不须用冗长的解说。

近年来古氏喜用黑白绘，他的线条的经济，他用寥寥数笔表现一幅绘画的方法，我们在这幅画着希特勒与胡根堡在前德国总理布鲁宁门前的可笑的印象中便看得出来。

据查,《童年与故乡》在《生活漫画》上,只连载五期,在第十期结束。这一年的夏天,吴朗西创办文生社,请巴金担任总编辑,两人搭档,开创他们辉煌的出版事业。吴朗西在《生活漫画》十一期退出编务,《童年与故乡》即停止连载。这一中断,即是十六年,1951年,全本中文版《童年与故乡》才得以与读者见面。

将1935年与1951年的译文两相对照,发现吴朗西对文字做了一些修订。譬如,1935年《生活漫画》第九期发表时的一节译文:

> 他名叫"波儿叶勒哇"(Boljerava——巴威士话:"波浪")。他这漂亮的名字是从他走路的样子得来的。原来他走路全不像样。因为他有一只弯脚,用两根手杖支持着的身体行动起来总是浪来浪去。
>
> 他对于图画毫无概念。我只好永远画些葡萄叶和狮子脚。而且因为我的画稿脏,我总是拿到四张稿纸。
>
> 他很注重秩序,总想在我们最混乱的时候突然跑进我们的课堂里来。课堂的门上有几个小洞。我们知道,他欢喜从小洞里偷看我们。

1951年修改后的译文:

他的名字叫作波儿节纳瓦（就是"波浪"的意思）。他从他走路的步伐上得到这个漂亮的名字。其实他没有步伐。他由两支手杖撑着，波浪式地一上一下地走路。因为他有一只非常畸形的脚。

他对画画是外行。我一直只画葡萄叶和狮子脚。因为我的纸脏，我只得到丁等。

他管束我们很严，而且老是暗地窥探我们的教室。教室门上有一个小洞。我们知道，他真开心，好偷看我们了。

无疑，后者更准确顺畅，也更简洁而生动。其中，"四张稿纸"修改为"丁等"，自是妥当。

用了十六年，吴朗西才做完了一个圆满的梦。

四　至今犹忆吴朗西

再读《童年与故乡》，犹忆译者吴朗西先生。

拜访吴朗西早在 1980 年，距今已有三十一年。当时，因研究巴金，我与陈思和，把搜集与梳理文化生活出版社资料、遍访巴金友人，作为一个重要内容。我在笔记本上，查到这样两次记录：

1980 年 4 月 27 日，星期天，下午。上海与陈思和到吴朗西家，在座的有毕修勺先生、吴夫人。

1980年5月11日，下午，阴转雨

下午三点与陈思和一起第二次到吴朗西先生家。吴先生一个人在家，他事先已准备了我们的访问，在家里等我们，也拟了一些问题梗概。

谈话进行了一个小时十五分钟左右，因来了一个三十多年未曾见面的朋友，我们不便多谈，只好告辞。

这应是我们对吴先生最初的两次采访。

初见吴先生时，他已中风，半身不遂，言谈虽不流畅，但表述无大碍，记忆也较为清晰。夫人柳静女士，是文生社创办时的早期投资者，在一旁协助吴先生与我们交谈。两次访谈，我们均有详细记录。后来，我们完成一篇长文《记文化生活出版社》，交由《新文学史料》发表，吴先生除了校改之外，还提供《文化生活出版社的资金来源》一文，作为附录发表。

吴朗西与巴金联袂经营文生社，推出"文化生活丛刊""文学丛刊"等，汇聚一大批优秀原创作品和译著，鲁迅逝世前的最后几种著译，均交由他们出版。将近二十年的时间里，文生社俨然已成为现代中国出版业的佼佼者。他们两人有许多相同点：同岁，均生于1904年；同乡，均是四川人。不过，将他俩紧

密联系在一起的主要原因，则是他们都曾信仰无政府主义。实际上，最初参与文生社的一些股东、编辑人员、作者、译者，如伍禅、朱洗、丽尼、陆蠡、毕修勺等，几乎都与巴金、吴朗西的情况相似。丰子恺虽不信仰无政府主义，但却与有着无政府主义背景的社团、学校，如匡互生的立达学园，与吴朗西、巴金等个人，都有着颇为密切的关系。丰子恺始终都是文生社的主要作者，这也是他欣然同意吴朗西的请求，为《童年与故乡》当一名书者的历史渊源。

三十年前，我们在《记文化生活出版社》一文结束时写道：

> 从出版史的角度看，文生社的性质同其他一些私人出版社也有所不同。他们是作家、翻译家办社，创办经营的目的不是为了赚钱，而是着眼于出书。文生社的成员中，吴朗西、柳静、巴金、丽尼、朱洗、伍禅等人都有其他方面的收入，为文生社工作完全是出于义务，并不取社里的薪水。出版书籍的收入，都作为社里的资金积累。同时，文生社作为一个私营企业单位，经办二十年中，不但没有发过股息、红利，就是在解放后公私合营后，朱洗、丽尼、巴金、柳静、吴朗西等大部分股东都没有领取定息。正由于他们不以单纯追求赚钱为目的，所以在所出的书籍中，选择是比较严肃的，内容上一般都是健康的，进步的，并不迎合读

　　　　　　　　　　　　　　美丽如斯

者中一时的不健康趣味，而是踏踏实实地为文学事业做着贡献。

重读这些文字，吴朗西、巴金等老一代出版家熟悉的身影，又在眼前活跃闪动。

如果他们健在，环顾当今出版界此起彼伏的"大跃进"似的改制热、集团热，面对出版越来越受困于"商品化"和"产业化"的挤压，不得不被浮躁、苍白、急功近利裹挟而行的现状，又该发出何种感慨呢？不敢设想。

好在他们留给了我们可以不断阅读、不断再版的书。

写于 2011 年 8 月初，北京

（在写作此文过程中，姜德明先生为我提供《生活漫画》杂志，谨致谢。）

梁漱溟暮年读信记

——《梁漱溟往来书札手迹》编选随感

《梁漱溟往来书札手迹》书影

一

一个人到了暮年，总有日趋浓厚的怀旧情绪无法排遣。如果他从箱底找出多年间的友人来信，或静静细读，或凝神回味，或兴致一来挥笔批注，那么，想必就会有一种怅望千秋、萧条异代的苍凉感充溢心中。

何况历尽沧桑者。

1976 年，梁漱溟高寿八十三岁。大概在他看来，这个年龄该是重睹旧物、归纳一生的时候了。于是，他以翻阅旧札的工作而开始了暮年的怀旧之旅。因而，他也为后人留下了这样一份特殊礼物——"梁漱溟批注友人来信"。

三十年后，2007 年的某个夏日，梁老长子培宽先生把这些信札原件摆到了我的面前，让我一一翻阅。我的眼睛不由得为之一亮。对于一个有着浓厚历史兴趣的人来说，还有比这更让人陶醉的场合吗？

在我的心目中，梁漱溟是一位令人敬畏的思想家、道德家。十多年前，我在一篇关于梁漱溟的文章中曾这样写道："不同于实践者，思想家更注重精神取向，并不完全在乎现实为思想的实现所提供的可能性大小。这样的人，一旦迷恋自己的选择，便会达到如醉如痴的境地。这样的人，是用整个生命拥抱着自己的思想，甚至有一种宗教式的热情。"梁漱溟正是以这样的姿态走完他的人生。

我还特别欣赏梁漱溟的一张晚年肖像："是谁以出色的感悟，如此准确地把握住了这位思想家的性格和灵魂？一双眼睛，透过镜片，深邃而炯炯有神。它们凝视着你，仿佛在拷问你的思想，它们也仿佛凝视着历史，在拷问历史本身。嘴紧紧抿住，使整张脸一下子具备了分量，显示出他固有的自信，倔强，自傲，他整个人格的力量，也因这样的神态而体现出来。"

如今，在友人写给他的信札中，在他暮年所作的批注中，我得以更贴近地读历史细节，读师友情感，读人格光彩……

二

在《梁漱溟往来书札手迹》中辑录经梁漱溟批注的友人来信达数十通。写信者包括欧阳竟无、胡适、黄炎培、陈铭枢、熊十力、马一浮、冯友兰、张申府、叶麟、唐君毅、黄艮庸、陈仲瑜、云颂天等政界、文化界人士，其中，大多是梁氏的同辈友人或学生。来信时间，最早者在 1916 年前后，最近者在 1976 年，历史跨度长达六十年。

梁氏批注或寥寥几字，或数行，或整页。一般在来信原件上以毛笔直接批注，但有时也单独附加一笺，详加说明。批注或署名，或不署名而改加盖名章。名章为"梁漱溟印"，四字系隶书，阳文。批注有时注明时间，有时则无。批注内容不一，或介绍来信背景，或批改信中文字，或借题发挥，对往事、对当事人予以点评。

试举数例如下：

1. 在梁氏批注的信札中，有的信系他收藏却并非写给他的信，如欧阳竟无致许季上信。梁先生批注道：

> 此欧阳竟无先生（渐）答许季上先生（丹），存于我手者。当彼时我尚未得承教于欧阳先生而先得亲近许先生。遂由许转为求教也。（名章）一九七六年八月。

此信无来信年份，按照批注所言，似应写于 1916 年前后。据《梁漱溟传》，该年梁漱溟曾去北京大学拜见校长蔡元培，后者聘其到北大讲授印度哲学，但梁因担任司法总长张耀曾的秘书一职无法前往，故改由许季上代课。之后梁前往南方，方与欧阳竟无先生结识。

2. 在黄炎培 1946 年 7 月 1 日来信的首页上方批注道：

> 黄原为民盟之一员，此因当时民盟与中共结合对国民党斗争，他顾虑甚多而向后退也。（名章）

该信共四页，黄详细阐明自己对待当时政治局势的态度，至为重要。

3. 在胡适的一封 1923 年 4 月 3 日来信前批注道：

此胡适之答我的信，估计是五十年前的事了。胡长我一岁，我们同一年进北大讲学于哲学系，那是一九一七年春季。（名章）一九七六年九月九日。

　　徐旭生、屠孝寔与胡适一样，也是梁漱溟在北大哲学系的同事，在他们二人的来信上的批注分别为：

　　此徐旭生先生见教之笺。先生为"五四"运动前后与我同在北京大学哲学系任教相熟。（名章）一九七六年八月；
　　此屠孝寔（正叔）先生惠教之笺，先生与我同在北京大学哲学系任讲席。（名章）一九七六年八月。

　　4. 张申府与梁漱溟的交往，则早于以上人士，两人系中学同学。在张申府的来信上的批注为：

　　计此信当写于一九五九年春。张崧年字申甫或申府，与我在清末同学于顺天中学。好学深思即此三笺可以见之。字迹草率，难于辨认。特略加注明。（名章）一九七六年九月十七日。

　　5. 在马一浮的一封来信前批注为：

我写《读熊著各书书后》一文既成，适王星贤兄去杭州马一浮先生处，即托其带去请教。此马先生答书。一九七六年八月加注。（名章）

　　6. 梁漱溟收有冯友兰写来的一封长达十页的信。其批注数行写于末页，提及两人在"文革"后期的往来：

　　此冯芝生往昔从美国寄给我的一信。芝生年齿略少于我，今亦超过八十。一九七三年春，我在他家午饭，谈甚久。临别时他诵《论语》"发愤忘食，乐以忘忧，不知老之将至"句乃分手。不意秋后他竟以批孔鸣于时。（名章）一九七六年九月九日。

　　写批注之日系毛泽东逝世之日，不知梁漱溟当时是否获悉此消息，待考。

　　以上批注虽然简略，但对于人们了解梁漱溟的人生轨迹、学术思想以及人际往来，颇有帮助。

三

　　梁漱溟一生风云变幻，大起大落，始终未远离时代旋涡。说他是思想家、道德家也未必准确。实际上，他在很大程度上更是一位入世心切的社会变革家、实践者。无论讲学、办校，乃至积极参与政治派别活动，其指向正是社会变革。此种特点，形成了他的丰富而广泛的交际往来，他所藏的友人来信，自然也就从不同角度折射出他所经历的时代。

一批与 1926 年前后北伐战争有关的来信，引起我极大兴趣。来信者主要为他的朋友陈铭枢——时任国民革命军第四军第十师师长，学生徐名鸿、黄艮庸——时在陈铭枢麾下从军。

陈铭枢，字真如，系北伐名将，自 1924 年起即担任国民革命军第四军第十师师长，北伐战争开始后，他所率领的第十师在攻打吴佩孚军的汀泗桥、贺胜桥战斗中立下战功。然而，陈铭枢不只是一员就读过保定陆军军官学校的战将，他对佛学颇有兴趣并有所研究，这也是他与梁漱溟在北伐战争前得以结识并成为朋友的原因。正因为如此，当他就任第十师师长一职后，特邀梁漱溟与熊十力南下共事，二人虽未前去，但派遣三位得意弟子王平叔、徐名鸿、黄艮庸由北京前往广东，投笔从戎，辅助陈铭枢。关于这一背景，梁漱溟在陈铭枢一组来信前，特单附一页予以说明：

据我所闻真如游学日本陆军时，曾从桂伯华先生听讲佛法，甚勤恳。桂先生临终嘱其归国后宜从南京欧阳先生问学，以故当其一度脱离军队时即投入内院欧阳先生门下。值其时熊子真（十力）亦在内院求学，彼此甚相得。子真既经我介绍入北大讲唯识。一九二三年与平叔、艮庸同住缨子胡同我家。真如即于是年北来访我结交，其后遂有一九二五年从广东以革命之义相督责，而平叔等三人南下从戎之事，自是而后彼此关系日密，以迄于一九六五年真如身故，前后计有四十余年。至今箧中所存真如手札独多，虽不必皆有保存价值，亦姑存之备考。

一九七六年八月廿一日　漱溟识

梁漱溟说"所存真如手札独多"，可惜此次辑录只发现五封。其中三封为陈铭枢致熊十力信，梁氏在一封信前批注道：

此为一九二三年真如从南京来访我于缨子胡同时偶然留存之一笺。

陈铭枢此三信虽是致熊十力，但均谈及梁漱溟，且论及佛学和印度哲学，在一信后他还特地写道："诸函皆可转呈梁先生，更希就近代承教于艮庸、平叔两先生。"这大概就是三封信得以保存于梁氏之手的原因。

另外两封均写于北伐战争期间，也是写给梁漱溟、熊十力两人。一员北伐名将的两封私人通信，留下了诸多难得的历史细节。

其一，梁氏批注为："此为一九二五年平叔、艮庸、名鸿初到广州时，真如兄来信。信写于入湘接洽唐生智之途中。（名章）"

其二，梁氏批注为："此为真如统军北伐之时，行军途中来信。一九七六年八月（名章）"。

前信日期注明"十五日"，无月份年份；后信注明"七月三日"，无年。两封信均涉及陈铭枢由粤赴湘，负责游说湖南军阀唐生智（字孟湘）与北伐军合作事宜，由此分析，应写于1926年。

前信两页，毛笔行书，字大，较简略，应写于前，只提及"此次到广州匆匆适奉使湘省"一句。后信三页，钢笔行书，字极小，约两千字，详告徐名鸿等三弟子近况，以及对他们三人的各自评价等。据史料，唐生智于1926年6月在衡阳率军正式参加北伐军，宣布就任国民革命军第八军军长兼北伐军前敌总指挥。显而易见，陈铭枢的奉使之行圆满成功。

在7月3日写给梁漱溟和熊十力的长信中，陈铭枢以大量篇幅阐述自己对国民革命和北伐战争的态度，并介绍了自己奉使湖南的情况。他这样写到与唐生智的接触与印象：

> 平叔等次永兴留候司令部，弟独往衡州会唐孟湘，谋军事。孟信佛极深，持念极切，志宏愿大，胆略才识矫然不群。然好用权术，是其大病。（惟弟能窥见之耳）又其作事火辣，不易得人亲爱。（但其部曲训练之良，团结之固，一时无两。）弟自维庸愚，平昔惓惓慕才之念，以为于孟差为得之，故爱护之惟恐不至。然深虑其技痒不除（指权术），

致患根本；又以其崇佛，未易以胡益阳曾湘乡之说进；耿耿我思，忧何以辍，环顾宇内，每不禁其涕之涔涔下也！此意非两兄谁与嘱之！

由引文可见，行军途中的这位北伐名将，胸中块垒，不便与军中人士泄露，只能驰笔向两位京中友人倾诉。"孤舟夜泊，人静水流，思怀不寐，缅书寄意。明日赴战，奉讯又未知何日也？弟陈铭枢顿首，七月三日午夜笔于潇舟中。"今日再读信中最后几句，当年此情此景，仍令人感慨万分。

正是这样一封感人的长信，为北伐复杂的军事形势和政治博弈留下了一份珍贵记录。唐生智后来与蒋介石时分时合，其间种种举动，或许也可佐证陈铭枢当年对其性格所做的透彻分析。

徐名鸿、黄艮庸的几封来信，则从另外角度记录了当时的历史情形。在徐名鸿的一封来信上，梁漱溟做了一大段批注：

此数缄为亡友徐名鸿手笔。名鸿学于北京高等师范，毕业后任教附属中学，因与艮庸友善而与我相熟。一九二五年上半年，我与熊先生暨平叔、艮庸率少数学生退出曹州高中，赁屋什刹海东梅厂同处共学，名鸿时相过从。是年冬粤中革命潮流高涨，因粤友召唤，特嘱平叔、艮庸、名鸿三人一同南下应召。随后即参加国民革命军北伐（参看《村治月刊》"主编本刊之自白"一文）。既驻军武汉而政局诡变，平叔、艮庸先后脱离北归。名鸿革命意志强烈随军南去。厥后一九三三年福建人民政府之创举，名鸿实为其中一主要有力人物，失败后被杀于汕头。此数缄皆其初抵粤时来信，不足代表其后来革命思想。（名章）一九七六年八月二十日

梁漱溟当年派遣三名学生投笔从戎，即有通过他们了解北伐战争和国民革命实情的目的。因此，较之陈铭枢，他的学生来信更侧重对整个局势的印象描述和分析，从广东政府的财政收入，到黄埔军校的开支；从香港的罢工，到地方军阀的威胁……譬如徐名鸿在一封信中，就详细介绍了中山舰事件后的国共两党的矛盾："蒋为人似刚断有余，而忍耐不足。广东空气处处压迫得利害，事事苦无回旋之余地。故蒋之所为，常现短促，无悠长之思，实有所不得已。以北伐而论，稍有识者，皆知其非时，然而倡言北伐者，似有所为。（一）以保党军之朝气。（数月未休息，黄埔第一期出来人物之在党军为中级官者已有暮气可见。）（二）以消灭共产者之反侧。（三）以利其他五军之意气。至于湖北江西之压迫则其近因外因也。在广东环境之下，颇有略不挣扎，则自行破毁之感。蒋部亦缺乏人才，黄埔出身之下级官员敢死之气可用，而主大计能指挥者则极缺乏。"

黄艮庸写于 1926 年 9 月 13 日的信，描述汀泗桥、贺胜桥战斗和攻打武昌的过程，以及对陈铭枢的印象。写此信时，黄艮庸正前往上海，船缓缓驶入吴淞口。虽距武昌攻克已有多日，但他以一个书生的脆弱之心见证战斗的惨烈，至今仍是胆战心惊：

> 此信不能不写，然此刻精神昏钝至极，所怀万端，不知从何说起。苟能飞至师等身旁尽情痛哭，生将插翼来矣。自六月随证入湘，转徙数千里，中经数次战事，而汀泗桥、贺胜桥两役为最剧烈亦最惨酷，历前此未历之境，此心已几成硬化见至惨至忍之景象，亦不动心矣。

梁漱溟为此信加一批注："陈铭枢字真如，一作证如。（名章）"

黄艮庸此信还谈到陈铭枢的战绩与近况："证确是 将领才，行军迅速，遇敌稳重，故战无不胜，汀泗桥破敌，全是证之策略。（敌有数万人据河而守，证以十师及十二师共万人之众一日便破之，敌全军覆没。）又为蒋氏倚重，蒋唐二人之关系皆因证而成，故入武昌后，证有改师成军并任卫戍司令的消息（尚在秘密中，他人绝对不知）。……"

黄艮庸信中透露的信息，随后得到了证实。陈铭枢所率第十师在攻克武昌后，于 1926 年 11 月扩编为第十一军，陈铭枢任军长兼武汉卫戍司令，权倾一时，系武汉革命政府的重要将领。1933 年，陈铭枢又曾与李济深、蔡廷锴、蒋光鼐、陈友仁等人发动"福建事变"，成立"福建人民革命政府"，主张抗日，与蒋介石的南京政府分庭抗礼，失败后流亡香港。梁漱溟所藏相关信件，无疑是陈铭枢研究和民国史研究的重要史料。

四

由大学执教转为创办乡村教育、走乡治之路，是梁漱溟人生的一大转折。1924 年他辞去北京大学教授职位，前往山东曹州主持山东省立第六中学高中部。之后，他又辗转广东、河南等地，尝试办学。抗战爆发前，他在山东邹平七年，主办山东乡建研究院，寓教育与乡治于一体，其学生多达数千人，蔚为壮观，一时为全国瞩目。他不再是一位纯粹意义上的思想家、学者，而成了介入社会变革的教育家、实践家。

谈到自己办学的动机，梁漱溟这样说过："我办学的动机是在自己求友，又与青年为友。所谓自己求友，即一学校之校长和教职员应当是一班同志向、同气类的，彼此互相取益的私交近友，而不应当是一种官样职务关系，硬凑在一起。所谓与青年为友，含有两层意思，一是帮着他走路，二是此所云走路不单是指知识技能，而是指学生的整个的人生道路。……我自己走路，同时又引着新进的朋友走路；一个学校亦即是一伙人彼此亲近扶持着走路的团伙。"这便是梁漱溟超越教育本身的与众不同之处。在学生眼里，他不仅仅是学识的传授者，更是他们情感的滋润者、人格的熏陶者。他们景仰他，以做他的弟子而感荣幸，进而成为忘年交。可以说，与学生们的友情，一直是梁漱溟生活中至为重要的一部分。

于是，暮年读信，最令梁漱溟为之动情的莫过于重温学生来信。梁漱溟为学生的来信做了不少批注，举数例如下：

1. 在钟伯良信上批注："此为钟伯良的信，惜寿只卅余。漱溟识"。

2. 阎宗临的来信有数封，梁漱溟做批注多则。一，"右为阎宗临在桂林穿山国专校与我一次谈话后所写示者。其所见自足参考，非同俗流之昧于中国文化价值者。（名章）一九七六年八月"。二，"此卅三（一九四四）年在穿山国专，宗临写示，其见解非时下人之所见也。漱记"。三，在这批信后面，梁漱溟还特地单附一页，详加说明："阎宗临山西五台人，一九二四年我主持曹州高中时的学生，但不久离去，因基督教会关系游学欧洲，是以其思想有得于宗教。学成归国后曾任（教）广州中山大学，与朱谦之黄艮庸同事。解放后为太原师范学院教授，主持校务。其人诚笃而不免巽弱。此从其笔迹上可见，其学问思想虽不浮泛浅薄，固难免隐伏缺欠。（名章）一九七六年八月十八日"

3. 在萧克木信上批注："萧克木追随我多年，其人长处甚多，敏于学习，忠于职守，惜思想不能深入。解放后通信尚不少，留此一件以见一斑。（名章）一九七六年八月"

4. 在谢焕文信上批注："谢焕文，字赞尧，湖南人而在太原读书求学，为某校高材生。一九二一年我游太原见之，心识其人，一九二四年引为曹州高中教员。别后不数年竟故去。其弟谢国馨后来却常通信，然今亦久失联系。此信中所云乾符者姓马，山西人，同为太原某校高材生可爱者，我同引用于曹州高中，别后未闻消息，似亦短寿。一九七六年九月漱溟识（名章）一九二一至一九二二年初之一个月时间，我应邀到太原讲学，谢、马皆在听讲之列。"

5. 在李志纯信上批注："李志纯为邹平研究部研究生最优秀者之一，通习英语，抗日战争中曾随军入印度为译员。在北碚勉仁中学任教员，一度任校长。此其率学生入川西北少数民族地区所来信。一九七六年八月卅日批注（名章）"

6. 在云颂天的数封信上批注三则。一，"此信甚好，宜保存之。一九七七年三月十四日"。二，"此信内容有关学术研究应保存之。一九七六年十一月"。三，"颂天此信大有价值，应加保存。将留给有智慧的青年人看。何谓有智慧？有内心，时时自省者是已。耳目心神一味向外张望驰逐的人，是不会对人生发出疑问的。然使读此不亦可资其反省自镜乎？此信大约写于颂天北来从我，先随往曹州，一九二五年退回北京同住时。度其年纪廿有余，生命力正强。人生唯此一阶段（十几岁至廿几岁）最为要紧。颂天从我数十年，在同学中最为众所推重所诚服，非无故也。（名章）一九七六年八月廿三日"。

以上批注，或寥寥数句，或大段叙述，回首往事碎片感慨万千，点评学生印象直言不讳，一代宗师风范呼之欲出。由此可以想见在学生心目中，梁漱溟作为一位教育家所具有的凝聚力和人格魅力。

<h2 style="text-align:center">五</h2>

暮年读信，是与历史对话，是与友人另外一种形式的倾谈。岁月苍老，梁漱溟深知，他和同时代人——无论友人或学生——已不大可能重新相聚，如早年那样闲谈切磋了。

我还清晰记得，当年读《梁漱溟问答录》（汪东林著）时，梁漱溟所描绘他与学生的"朝会"场景，令人神往不已。1924年他到曹州主持高中部仅仅半年，回到北京，却有十几位山东的高中学生跟随而来，足见他天然具有吸引力和凝聚力。他和这些学生一起在什刹海租房同住共读，开始了一个重要的交流形式——朝会。每天早上，他与这些学生静坐共读，并即兴讲授心得。之后，这种形式坚持了多年，《朝话》即由这些讲授记录结集而成。他这样说道：

在什刹海居住期间举行朝会，特别是冬季，天将明未明时，大家起床后在月台上团坐。其时疏星残月，悠悬空际；山河大地，一片寂静；惟间闻更鸡喔喔作啼。此情此景，特别使人感觉心地清明，精神振奋，仿佛世人都在睡梦中，唯我独清醒，更感到自身于世人于社会责任之重大。此时亦不一定讲话，即讲话亦不在多，主要的是反省自己，利用这生命中最可宝贵的一刹那，抑扬朝气，锻炼心志。

呈现在我们面前的，正是一个充满诗情画意的场景。师生之间，难道还有比这更为美妙、更加令人神往的境界吗？

显而易见，梁漱溟一直珍视着他与友人、与学生之间的美好情感。这一点，在他暮年与叶石荪（麐）的通信中表现得最为感人。

1976 年开始重读并批注旧札时，梁漱溟找出叶石荪的三封来信，将之寄给与他同龄的叶石荪，并嘱其阅后寄回其中一封。

叶石荪收到梁漱溟寄还的三封信，极为感动，当即复信。虽是同龄人，他仍视梁漱溟为师："麐生较师仅晚一年，然师弟名分早定，不可改矣。师何以'兄'呼我？"叶石荪一生坎坷，道起往事，感慨万千，尤其是把学生与恩师的真挚感情表现得淋漓尽致，堪可将之视为梁漱溟与诸多弟子之间六十多年交往史的缩影。兹全文转录如下：

漱师道鉴：

日前得见涤玄兄，后复奉手示，藉知北京地震时师安全无恙，深为庆幸。

自五七年晦迹以来，心怀惭恧，不便与外间旧日师友通问。故虽亲厚者如师，亦不作例外。（但师之消息不时从此间之知师者探得之。）敬祈宽恕。

承寄还往昔发自法国三信，重读数过，诚不胜今昔之感。当时心情颇颓废，但理欲之争尚存，向上之志未泯，对于学业犹图有所建树。倘归国后，善自为谋，坚其趋向，努力以赴，未必遂终无所成。行年八十有三（麐生于一八九三年十二月，师似生于一八九二年。麐生较师仅晚一年，然师弟名分早定，不可改矣。师何以"兄"呼我？）精力已衰，无补世用。回顾过去，瞻念前途，可谓于悠悠忽忽中了此一生，良可哀也。遵嘱谨寄还所指其中一信。

往日承师青眼相看，多方惠助，永志不忘。惟每一念及深负师之期许，愧悔何可言说！

大著《人心与人生》惜不得一读。

再聆教言之日恐不可复得矣。言之黯然。敬颂

著祺。

弟子麐谨启

一九七六年九月四日

为之黯然的何止叶石荪一人？梁漱溟收到此信时，正继续着翻阅友人旧札的工作。我想象着，在暮色茫茫的秋日余晖下，他以复杂心情细读这封新札。往事不再，来日不多，弟子的真诚与感伤想必同样让他激动不已。

一位饱经风霜的哲人，暮年融入此情此景，真乃不幸中之万幸。其生命因此而愈加丰满厚重，漫溢出美丽诗意。

完稿于 2007 年 11 月 13 日，北京初冬时

美丽如斯

留住童心，抚慰历史隐痛

《冬天的破手套》书影

写文化老人多了，不少人谈到我时便有了一个说法："有老人缘。"这句话，当然认可。

不过，大家有所不知，其实我与小孩子也颇有缘。大学假期回家，哥哥、妹妹的孩子，两三岁开始，都是我带着玩，哪怕我生气打他们几下，哭一场，一转眼，还是缠住我玩。这些年，外出旅行，无论走到哪个国家，小孩子看到我，总好像亲切得不行，与我挥手打招呼。在瑞典小学，在伦敦和爱丁堡的吃饭处，如遇到小孩，他们会盯着我看，还要我抱。他们的家长，对我也似乎颇为放心。在土耳其，走进伊斯坦布尔，一群中学生见到我，主动提出要和我合影。旅行在外，"有孩子缘"与之伴随，格外轻松而愉快。

一直喜欢家庭里的和谐气氛，喜欢童年快乐的记忆。将近二十年前，我们夫妇翻译的第一本儿童绘本，是瑞典画家卡尔·拉松（Carll Larsson，1853—1919）的作品。卡尔·拉松被誉为现代瑞典绘画之父，瑞典出版过一套他的作品，分为三册：《我们一家》《我们的房子》《我们的农场》，是专为儿童而编辑出版的。所选作品以家庭生活、庄园生活为主要内容，孩子是其中主角。这套书的特点在于，编者从卡尔·拉松的回忆录和散文作品中，摘选出一些描述绘画过程的文字，与画作相得益彰。这些文字，平实而淡雅，生动记述下他的孩子们的天真烂漫。卡尔·拉松喜爱以家庭生活为题材，几乎家里的所有成员，都是他描绘的对象。他充满温情，以一颗纯真的心，与孩

　　　　　　　　　　　　　　　美丽如斯

子们建立了密切的联系。从瑞典带回这三本书的英文版，我们翻译后由山东画报出版社 1998 年以合集形式出版，书名改为《我们一家、我们的房子和农场》。两年前，又由老六的"读库"推出新版，并请童自荣、曹雷、刘广宁、徐涛、狄菲菲五人分别录音，制作光盘。如今，我的车上经常放着它，不时播放，听那些美妙的朗诵，仿佛又在感受童心。

最近几年，翻译儿童绘本忽然成为我的一大爱好，除了已经正式出版的项美丽《中国故事绘本》之外，在"六根"（我与五位媒体人朋友的"组合"）先后推出好几个译本，《淘气猴子》《房车狗和小姑娘的快乐圣诞》《老鼠舔舔回家记》《小黑孩库巴历险记》等。花甲之年的我，为何如此喜欢儿童绘本？我想，那些动物与孩子们互动的故事，漫溢出快乐童心，才足以宽慰听了太多历史悲凉而隐痛难已的内心。我所接触的几乎所有老人，一生坎坷，从最初结识的贾植芳夫妇，到胡风夫妇、黄苗子夫妇、萧乾、沈从文、刘尊棋、刘迺元、杜高……哪一位不是极其艰难地走到晚年？听他们的故事，写他们的文章，不知有多少历史隐痛始终压在心底。阅读童话，翻译儿童绘本，对我而言，或许是一种纾解压抑与郁闷的最好方式。在透亮、天真、温暖的童心里，人可以看到另外一个世界，一个原本应该永远与人伴随的状态。有不少朋友常常问我，你知道那么多的悲惨故事，怎么还能那么乐观。我说，永远拥抱童心是最好的方式。

如今常说"不忘初心",在我个人看来,人的"初心"就是童心。读安徒生、王尔德的童话,读《骑鹅旅行记》《童年与故乡》,读《窗边的小豆豆》,不同时代的童话与绘本,会让渐渐变老的人重温童年。俗话说"老变小",就是指童心回归。我很喜欢这种状态,惟有童心,一个人才可以坦然面对历史与现实的悲欢离合,不至于被诸多隐痛压倒,不至于被忧郁情绪困扰。

与海天出版社我也是老朋友了。以出版人文著作为主的他们,开始涉足儿童作品,率先出版的是《冬天的破手套》,作者佘悦杭是一位十岁小女孩。

未想到,读十岁佘悦杭,能得到那么多的快乐。她与童话,写个人成长与家庭趣事,写阅读体会,总能于不知不觉处呈现童心的丰富性。说童心透亮、天真,并不意味着没有丰富性。这种丰富性,在于小孩用她不一样的目光,打量周边一切,用一份纯真,体味与成人不一样的世界。我把《冬天的破手套》看作一个整体,佘悦杭在童话里飞来飞去,在生活里与家人、动物滚成一团,在阅读里看文学作品带给她无穷快乐……

对于孩子,阅读必不可少。我们"六根"的绿茶,孩子一出生,居然辞职回家当了好几年职业奶爸。不到一岁,他就让"小茶包"坐拥书城,让孩子在翻阅图书中寻找快乐。转眼"小茶包"快要上小学了,绿茶说,书已成为孩子最爱,而不是手机游戏。《冬天的破手套》附录有妈妈所写《女儿的小小阅读史》和《悦杭的印象书单》,十岁之前的佘悦杭阅读兴趣,极为广泛。

可以说，正是阅读，让佘悦杭开始热爱写作，用自己的独特方式与同学对话，与她喜爱的那些图书对话。

《冬天的破手套》是一篇童话，以此为书名颇为恰当。从爷爷的一双破手套写起，左手套与右手套的"拌嘴"、分开、寻找、重逢……佘悦杭构思巧妙，以拟人化的方式叙述两只手套的失散而重新合为一体，寄寓儿童对友谊的珍爱、对小伙伴的不离不弃。童话很短，却环环相扣，右手套失踪，左手套出去寻找，狗、小白兔、熊弟弟、鹿姐姐，寻找的场景漫溢温情。十岁小女孩张弛有度的叙述节奏，让人刮目相看。在2015年第七届鲁迅青少年文学奖评选中，这篇童话获得小学组唯一特等奖，可谓实至名归。喜欢下面对这篇童话的点评："这篇童话，让人看到孩子心中的纯净善良，行文可见深厚的阅读功底，浑然天成，立意极高。每一颗美好的心灵，都长着一对洁白无瑕的翅膀，尤其是童心。"

动物从来就是孩子们所爱。在动物身上，孩子们得到最多快乐。佘悦杭的童话篇和成长篇，当然少不了动物。《当一只从来没见过老鼠的猫遇见一只从来没有见过猫的老鼠》《小兔子的梦》《淘气包小黑》《紫色的小熊》……有趣的是，所谓猫与老鼠，在佘悦杭笔下其实猫是一颗棉花糖，老鼠是一颗巧克力仓鼠，文章中，猫和老鼠成了好朋友，淘气玩耍。仅仅几百字，却写得趣味盎然。结尾一段，干净利落："它们还没来得及躲，我就进了门，正好看见这一幕，天哪，真是猫不像猫，老鼠不像

《冬天的破手套》插图（1）

《冬天的破手套》插图（2）

老鼠啊！你们相信这是真的吗？"读这样的句子，我仿佛看到小悦杭写作时那种幽默、顽皮、天真的样子。

读这样的作品，怎能不笑呢？

童心让人快乐。童心抚慰历史伤痛。这正是我喜欢读童话与翻译儿童绘本的原因。

海天出版社推出《冬天的破手套》一书之后，近期又推出新版《小王子》。柳鸣九先生译文，其十二岁小孙女插图，祖孙联袂，可喜可贺。看来，海天出版社已把儿童图书作为新领域予以拓展，值得期待。

好的开端，预示好的未来。对小悦杭的写作而言，何尝不是？对海天出版社，又何尝不是？

完稿于 2016 年 7 月 26 日，北京

马国亮与《良友忆旧》

《良友忆旧》书影

一

动笔写"老人与书",首先想到的是马国亮先生与他的《良友忆旧》。

第一次翻阅《良友》画报,还是在八十年代初的大学期间,当时我正在上海复旦大学念书,开始研究巴金。上世纪三十年代的《良友画报》,以及与它同期出版的"良友文学丛书",与许多作家的名字相伴随,是一个现代文学研究者必然会涉猎的对象。记得有段时间,每个星期我都会用上一两天时间,从复旦大学的所在地五角场,骑上自行车,前往上海图书馆位于徐家汇的期刊部,查阅1949年之前的旧刊,其中就包括《良友》画报。

当时翻阅旧刊,主要是寻找与巴金有关的史料,譬如,巴金曾在1933年的《良友》画报上发表过一篇短篇小说《玫瑰花的香》。

后来才知道,即使在世界范围,《良友》画报亦堪称领图像刊物风气之先的佼佼者。它创刊于1926年,早于美国《生活》画报。在抗战全面爆发之前的十年间,《良友》俨然已是中国最为重要、最有影响力的画报。天下的风风雨雨、世态万象都在上面留下了生动、形象的影子。

《良友》关注时事,反应灵敏,而这种现实的感应能力,又是以历史感为支撑的。它所编辑出版的《孙中山纪念特刊》

《北伐画史》《日本侵略东北》等，今天来看，无疑是极为珍贵的历史照片荟萃。至于当年的政治风云人物，从宋庆龄到宋美龄、从蒋介石到冯玉祥、张学良等都在上面——亮相。新闻虽早已变为陈迹，照片却日显其新。这便是画报的优势，而《良友》更将之发挥到极致。

环顾当时种种报刊，新闻时政当然并非《良友》独家拥有的特色。日报自不待言，其他如《国闻周报》、英文《密勒氏评论报》等，都有其独到之处。《良友》的风格更在于它在官方与民间、政治与文化、文字与图片、高雅与流行之间找到了巧妙的契合点。战火前线的现场目击，并不影响好莱坞明星的中国之行、西北妇女的服饰与民俗等相继登场。漂亮的封面女郎一期期款款走来，突然间百岁老人、教育家马相伯也成了封面人物，确实有石破天惊之妙。政界人物纷纷亮相时，文坛名家们的频频出场，显然增加了刊物的文化品位与分量。像极少愿意公开发表照片的鲁迅，破例答应《良友》为他拍摄了《鲁迅在书房》的照片发表。由《良友》策划的"名人生活回忆"系列，广揽政界、文化界等各界名人加盟，恐怕是第一次打出了名人的牌子，自创一类新文体。自述与图片相得益彰，为后人留下了那些名人的生动故事……

"上海地方生活素描"系列，尤显《良友》匠心独特。它约请文学名家写上海日常生活的方方面面。曹聚仁写风行一时的回力球及赌球、茅盾写证券交易所、穆木天写弄堂、郁达夫写茶楼、洪深写大饭店……每篇妙文因有照片烘托，五光十色的上海生活，更显得生动而形象。除此之外，《良友》还策划了"西游记"等民俗考察与旅游系列。因有这种策划与创意，《良友》才在新闻敏感性之外，凸现了文化的丰富性。这样的《良友》，无疑堪称当年上海文化的出色代表。

不过，当年虽颇为喜欢这一刊物图文并重和装帧考究的形式，但我对刊物本身并没有太关注，没有留意编者的大名——马国亮，当然，更没有想到有一天我会与他建立联系，并促成了《良友》回忆录的出版。

二

我注意到马国亮的大名，是在1996年前后撰写《人在漩涡——黄苗子与郁风》的过程中。

两位老人经常提到他们的朋友马国亮，讲述他的故事。从他们那里，知道了编辑《良友画报》的马国亮，是个多面手，写报道、写随笔、写小说、画素描、画漫画；知道了他与黄苗子一样，1957年也被打成了"右派分子"，经历了多年的磨难；知道了他在八十年代初移居香港，然后，又去了美国旧金山，与孩子们一起生活……走进我的视野里的，就是这样一个经历坎坷而创作力丰富的文化老人。

惭愧的是，对于他，我过去居然一无所知。

在《人在漩涡》中，我写到了马国亮。

1937年全面抗战爆发，随即广州沦陷。当时在广州省政府任职的黄苗子逃出了广州。1937年12月4日，住在连县的黄苗子，给在香港的朋友、《大地画报》杂志的主编马国亮写信，把自己的见闻和思考向他倾诉。

马国亮与黄苗子都是广东人，前者是顺德人，后者是中山人。黄苗子在信中与马国亮探讨的是：平日异常自信的广东人，怎么能如此轻易地丢失了广州？

收到黄苗子的信后，马国亮将之发表在《大地画报》1938年第四期上。在发表黄苗子来信的同时，马国亮发表了《与苗子论广东精神》，就黄苗子提出的对广东人精神和性格的质疑与思考，展开进一步论述。这篇文章实际上是马国亮写给黄苗子的信，但是，烽烟滚滚，邮路艰难，黄苗子总是处在流亡波动中，马国亮不知道信是否能够到达他手中，就以公开发表的方式，让更多的读者能够了解到他们彼此的思考。

马国亮在《与苗子论广东精神》中说：

　　你我都是广东人，地方人物的特质当然都很明白。我们不必自己夸张，也无须隐讳。广东人的长处诚如一般人所批评的是劲直刚强，任事敏捷。更因地理上三江所汇，土壤膏腴，物产丰饶，同时海航发达，交通上的便利，不但使广东人得风气之先，且在经济上更造成广东的富庶。但在这一方面的成功，同时也养成了自负甚高的自大性格。人人要在意气上争第一，结果往往是自相倾轧，于实际的事业仅能功过相抵。广东十数年来内政的无法整顿，民风性格上有极大的原因。

......

无论信不信，应该不应该，广州是失了。如果是广州暂时的失守能够给我们广东人以一个反省的机会，一个从新做人的方法，如你所说的一样，"让这事情作为最后一个教训吧！让它永远刻在每一个青年中国人——尤其是年轻的广东人的心版上"。那么这是一个很好的教训了。

我在传记中引用了马国亮的这篇文章，这算是我与马国亮先生最初的笔墨关联。

三

1997 年冬天，经黄苗子先生介绍，我给远在美国旧金山的马国亮先生写信，希望这位《良友》当年的主编、年近九旬的老人，能够写一本关于《良友》的书；同时，我又寄去一册拙著《风雨中的雕像》请教。该书主要收录我当时所写关于老舍、邓拓、赵树理等一批"文革"受难者的文章，其中包括对他的朋友黄苗子郁风夫妇七年秦城监狱生活的描写。

马先生回信了。

李辉先生：

　　前信谅悉。读了大作，感慨万千。……"文革"是一场古今中外所未见的荒谬、把人性变成兽性的残酷的灾劫。我们这些深受磨难的，和你们这一代才能确知世间竟有这样的、使人难以相信的事。我怀疑后世的人是否会相信。巴金先生提议要建"文革馆"，让后世代知道有这场惨绝人寰的浩劫不是没有理由的。因此我想到，您的某些雕像前面，如果能简单地、具体地叙述一下他当时所受的折磨，后世的读者才能理解著作更清楚，正如我们读《史记》，读了《××列传》以后，才能更体会"太史公曰"的话，不知阁下以为然否？

　　曾嘱香港开益出版社寄上拙著《浮想纵横》及《女人的故事》，不悉已收到否？

　　前信曾嘱写有关《良友》的回忆一事（近接郁风来信也转及此意）。事实上十年前我已写了。1984年《良友》在香港复刊，我应邀往香港参与顾问，其实我对编辑工作从不过问，我认为我三十年代的办报经验，不一定符合今时的新潮。当时除问一些老朋友如徐迟、吴祖光、秦牧等（当然还有苗子、郁风夫妇）为《良友》提稿以外，自己也写一些稿子。当时想到，《良友》在香港复刊，与创刊时相隔逾半个世纪，让目前的读者了解一下从前的情况，似有必要。因此便写了《良友忆旧录》，在画报上陆续发表，大概总有十万字以上吧。当时旧《良友》的影印本尚未全出，仅就一些现有的残本为基础，挂一漏万难免，但大致上还能概括的，现另邮，将复印一份寄上，请赐正。

收到后请来信。

专此，即请

著安！

马国亮

1998 年 1 月 3 日

其实，在写来此信的前一天，1998 年 1 月 2 日，马先生已经先行寄出了他的回忆录复印件。他附信如下：

李辉先生：

寄上拙稿《良友忆旧录》复印一份，请指正。

如有出版可能，拟改名为《回首当年——从一本画报看三十年代的中国社会》，或其他较佳的题名均可。

余详另函，即请

著安。

弟　马国亮

1998 年 1 月 2 日

马先生写得很精彩。随着他的朴实而生动的叙述，我走进了一个色彩斑斓的世界。他所叙述的人物和场景业已远去，但这种历史距离反倒让人对它们感到亲近，因为，贯穿于他的回忆的是文化兴趣，是文化留恋，是现实出版业的映衬。过去，中国还没有过专门关于一本刊物的回忆录，马先生的著作无疑填补了这一空白。

万里而来的重托，老人暮年的期盼，书稿拿在手上沉甸甸的。我清楚知道，像他这样的老人，能看到回忆录的出版，是他一生中最后的愿望。

当时，拙著《风雨中的雕像》是由山东画报出版社出版的，这是一家新起的出版社，注重图文并重效果，而关于《良友》的回忆录，图片选用极为关键，我当即向该社予以推荐，并获首肯。

我把这一消息告诉了马先生。很快，他来信详细谈到了出版细节。

李辉先生：

来示奉悉。尊嘱，分复如下：

1. 委托书请先生全权代为处理一切。

2. 书名亦请先生认为合适的另拟。

3. 稿酬问题可由该出版社按照它的常规处理，本人没有任何意见。

4.附上给《良友忆旧录》补充的两节：《郑伯奇》和《白色恐怖》。此两节当时写《忆旧录》时没写进去。最近因应上海鲁迅纪念馆之约，为该馆筹备出版的《赵家璧纪念文集》写了一篇《家璧和我》，提及此时，觉得有必要在《忆旧录》中叙及，因俯记如另纸。《家璧和我》全文，为《香港文学》取去，据说先拟在二月份该志发表。

5.书名是否请人题字，也请你酌情办理。

6.相应照片，手头上全没有了。寄去复印稿中的，也只是全由《良友影印本》中翻过来的。原有的数以万计的照片，抗战后已不知踪迹，十分可惜，需要时也只好从影印本选用了。

拙作《良友忆旧录》，承向山东画报出版社推荐，至是铭感。当年我写此稿在香港复刊的《良友画报》发表，无非想让新读者了解一下过去《良友》的情况，没想到要把它结集出版。因为它只属于文史资料，销路不会很广。在目前经济效益摆在第一位的今天，是不易为一般的出版社接受的。虽然我写作是尽量不枯燥，力求通俗较能入胜，到底不像一般文艺性读物，有较大销路的希望也。因此能出版与否并不抱很大希望。如获接受，倒是意外了。

前曾嘱香港出版社寄上拙作《浮想纵横》散文集及小说《女人的故事》，不知已收到否？如未收到，望示知，俾再函促。

潘际坰先生返美已转告尊注,至感。明晚将再与他及罗孚先生共饭,届时将代达问好。

专复,即祝

春节快乐

马国亮

1998 年 1 月 30 日

当年四月,他再来一信。

李辉先生:

昨奉手书,知承将拙著《忆旧录》已交山东画报社出版,至为欣感。

兹寄上拙著,在香港出版的《浮想纵横》及《女人的故事》各一册,请惠正。

苗子郁风闻已抵京,想得快晤了。

匆祝,即颂

著安

马国亮

1998 年 4 月 6 日

就这样,我和马先生之间的通信围绕着这本书的出版得以开始。

四

出版一本关于著名画报刊物的回忆录，自然需要选配大量图片，未曾想，这却成了《良友忆旧》一拖再拖，迟迟难以出版的一个直接原因。在把书稿推荐到山东画报出版社一年多之后，插图事宜还未能解决。

1999年，马先生为此事专门写来两封信。

之一

李辉先生：

苗子、郁风夫妇来美，谈及先生为弟所写关于《良友》回忆的拙著挑选插图。据弟所知，解放初期，赵家璧先生曾将原版《良友画报》全套赠给北京图书馆，此其一。

另外，数年前上海书店曾将《良友》由1926年创刊至1945后重新影印出版，全套共23钜册，除供应台湾外，国内已销出900套，购者可能都是文化团体，例如《人民日报》、中央电视台等可能都是买主。先生不妨试为打听，当不难觅也。

又谈拙作付印时，需否写一些简单的前言？便中望示告。即祝

近好！

弟马国亮上

1999年5月10日

之二

李辉先生：

潘际坰先生带来大作《人在漩涡》转收，至为感激。
正在诵读中，你博采多方面材料，行文不落一般传记窠臼，
自成一格。我和黄、郁相交六十余年，读时更觉亲切。五月
就曾邀他俩到美国加州小住二日，得图快晤。

拙著承您为此奔走，既感且歉。记得解放前后赵家璧
曾送北京图书馆原装《良友画报》一套，其中有一大部分
用影写版印刷，图片清晰，比近年上海书店出版的影印本
更好。如能借出制版，效果会不错。

您十分繁忙，劳您为此费神，不论事成与否，都应谨向
您致谢也。匆祝

即请

著安！

马国亮

1999 年 11 月 24 日

找一套马先生提及的影印本并不难，但图片质量差，不宜
再度扫描。而要从图书馆借出一套原版《良友》使用，谈何容易，
几乎不可能。因此，拖延了两年，山东画报出版社也无从操作。

几经周折，2000 年有了转机。北京的三联书店承接了这本

回忆录，并在范用先生帮助下，借出一套原版《良友》。书名最后确定为《良友忆旧——一家画报与一个时代》。

得知这一消息，马先生喜出望外，特地从美国旧金山打来越洋电话聊了许久。此时，他已九十二岁。他说因病不便行走，只能坐在轮椅上。但他的声音洪亮，底气十足，听不出是一位年过九旬的老人。

不过，书的设计、排版进度很慢。我很着急，老人也急。2001年8月我到美国东部逗留一个月，但未能亲往西部拜访他。我们通了几次电话，告诉他书的设计已到尾声，很快就会见书了。他很高兴，说他等着。

回到北京，终于看到了该书的校样。我当即给他发去一个传真——我因此才保留下唯一一封写给他的信：

马先生：

我刚刚看过二校，用了几百幅图，很讲究。根据您的意见，我写了一篇序，忝列于前，特传来请阅正。根据目前流程，春节前后出版应该有可能。抱歉让您期盼了。

另外，请速寄一张近照，以放在书中。

祝长寿！

李辉

2001年11月8日

时间紧迫，来不及等照片寄来，便与责任编辑郑勇先生商定，选用了丁聪先生为他画的一幅肖像漫画放在封面勒口上，并配上了他的自述："左派变右派，抗日该劳改，欲辩已难言，耸一耸肩，我自逍遥自在。"马先生为这一自述做了这样的注解："1952年以左派为香港英政府逮捕驱逐出境，1957年被划为右派。抗战时期在昆明美军总部任职作抗日宣传工作，'文革'时被定案为'美蒋特务'，囚禁一年，下放监督劳动改造五年。"这一自述可说是对他一生坎坷的高度概括，只可惜对主编《良友》的文化创造只字未提。

几经周折，费时四年整，《良友忆旧》终于由三联书店于2002年1月出版。可是，谁能料想，我刚刚收到样书，还未来得及打电话报喜，把书快递寄往美国，却传来了马国亮先生突然去世的噩耗，时间仅仅相隔几天！

老人最后的期待，在我手里竟成了泡影！

我曾设想，有一天坐在他的对面，听他讲述书中没有写到的一些往事，但我再也听不到他洪亮的声音，更无从见面了。

唯一可以告慰老人的是，编排考究、印制精美的《良友忆旧》，一经问世，即受到读者热烈欢迎。关于一本刊物的回忆，成了一个时代的特殊记录，作者马国亮的名字将因此永远留在读者的记忆里。

完稿于2007年9月3日

美丽如斯

美丽如斯

The
Picture Story
of
China

中国故事绘本

By Emily Hahn
Pictures by Kurt Wiese

（美）项美丽 著
（德）克特·维斯 绘
（美）霍华德·拜尔 绘
李辉 译

新星出版社 NEW STAR PRESS

《中国故事绘本》书影

一　走进中国，生正逢时

凝视照片上这位来自美国的美丽女子，读读英文名字Emily Hahn，再大声读一下"项美丽"三个字。多么贴切！发音与含义，形式与内容，简洁明了而又和谐统一，堪称完美。

项美丽——谁能取一个如此美妙的中文名字？

当然只能是邵洵美。这位新月派诗人，才华横溢风流倜傥且精通英语，1935年，Emily Hahn与姐姐两人刚到上海，几天之后，在一次聚会上她与邵洵美相遇，两人都感到对方的吸引。谈话间，邵洵美当即为她起了"项美丽"这个中文名字。美的欣赏，诗意的语感，缺一不可。一个中文名字，印证彼此的美好。

与邵洵美的情缘，促使项美丽改变仅仅是来华旅行的计划，让姐姐归国，她独自一人留在上海。从此，中国情结，难舍难弃。

因为邵洵美，项美丽开始熟悉上海，熟悉中国，从此，她的笔下有了写不完的中国故事。

因为邵洵美，项美丽结识林语堂、沈从文、张光宇、全增瑕、吴经熊等，在中国学者、作家、画家的圈子里，一个漂洋过海的外来者，如鱼得水……

我藏有两册林语堂等人编辑的英文刊物《天下》（1936年），上面刊有沈从文小说《边城》的英译本。译者为两人，一位是项美丽，另一位是邵洵美（笔名辛墨雷）。这时距《边城》发表不过三年，是《边城》的第一个英译本，可谓翻译及时，项美丽与中国现代文学的渊源之深，可见一斑。

邵洵美的女儿邵绡红所写的项美丽，一个奇女子形象跃然纸上：毕业于燕京大学的杨刚，1938 年时任《大公报》记者，借住项美丽寓所，身为中共地下党员的她，在项美丽和邵洵美的帮助下，以最快速度将毛泽东新发表的《论持久战》译成英文，率先发表在项美丽编辑出版的英文杂志 *Candid Comment*（《直言评论》）。邵绡红写道，抗战爆发，上海成为"孤岛"之后，项美丽还同意邵洵美的朋友、国民政府的一群情报人员，住进自己家中，不时与重庆方面电报联系，直到被租界警察识破，才紧急转移……

在中国生活将近九年——上海四年有余，香港四年——项美丽有着写不完的中国故事。这位《纽约客》的专栏作家，用一篇又一篇文章，向美国读者开启一扇遥望中国的窗户。她去过的一座座城市，中国民众的日常生活，抗战爆发前后外国人在中国的生存状态，生动呈现在项美丽的笔下。当然，在回忆类作品中，更吸引读者的是她的个人经历：与邵洵美的异国恋，乃至沉溺鸦片后的挣扎与摆脱。太平洋战争爆发后，她所爱的英国驻港情报官员查尔斯，被日本人关进集中营，项美丽幸好有邵洵美的一纸婚约，方才未被关押，几年间，她带着女儿卡罗拉，使尽浑身解数与日本军官周旋……

旅居中国期间，项美丽最有影响的著作，莫过于 1941 年出版的《宋氏三姐妹》。在她之前，还没有别的人，无论中国作者或者外国作者，能享有她那样的机遇，可以与宋氏三姐妹直接交往，搜集大量第一手资料。

书中有一张照片，项美丽与宋氏三姐妹，一同站在重庆大轰炸的废墟上。

中国正在进行的抗战，吸引全世界的关注目光，太平洋战争的爆发，更让成为盟国的美国的民众，对在美国留学过的宋氏三姐妹的故事，产生浓厚兴趣。项美丽心里当然非常清楚，这是三姐妹的故事，更是中国的故事。《宋氏三姐妹》一经问世，顿时成为美国畅销书，在两个盟国之间，项美丽用笔，搭起一座沟通的桥梁。

一本《宋氏三姐妹》，生正逢时。

来到中国的项美丽，也是生正逢时。

据统计，项美丽一生共编著十二种关于中国的著作。小说、特写、回忆录、传记、绘本等，内容各异，体裁各异。在她笔下，中国故事仿佛总也写不完。

值得高兴的是，这些年介绍项美丽的文章越来越多。在邵洵美夫人盛佩玉的回忆录中，在邵绡红的作品中，我们不断读到项美丽。远在纽约的董鼎山先生，1988年写过一篇《项美丽的传奇生涯》，彼时，项美丽还健在，而且住所距董宅不远。董先生谈到项美丽是自己"幼时即很景仰的女作家"，他说："项美丽是位在时代上抢前了半个世纪的新女性。她不拘小节，不服世俗，对社会常规作叛逆性的反抗。"董先生这样评价项美丽的冒险与文学创作的关系："项美丽的喜爱冒险的精神，对世界稀奇古怪事物的好奇，以及她的写作能力，把她造成一位富有吸引力的作家。"

前几年，人民文学出版社曾出版王璞女士的《项美丽在上海》一书。作者不仅用心用情，叙述细腻而隐含忧郁伤感，而且资料翔实，足见作者考据功力，更为难得的是，作者从始至终，力求避免陷入当下盛行的八卦娱乐之风。或许，由此书开始，项美丽作品的翻译，项美丽与中国关系的研究，会有很好的拓展。

写过许多中国故事的项美丽，不应被我们忘记。

董鼎山先生在文章中，说过这样一句："项美丽涉足世界各个角落，我相信她于老年对中国的留恋还是最深的。"董先生所言甚是。哪怕到了九十岁高龄，项美丽在美国家中见到邵绡红，说起中国，依旧闪动着心底的留恋。

往事难忘，美丽永远。

赛珍珠、史沫特莱、海伦·斯诺……这些美国女作家的名字我们曾经非常熟悉，如今，在这一耀眼的名单上，应该再加上这个更具传奇色彩的名字——项美丽。

二 人在历史现场

早就从熟悉邵洵美的丁聪等前辈那里，听说过邵洵美与项美丽的异国情缘。不过，最初只是作为文坛逸事听听而已，从未想到，一些年后，我会开始试译她的作品。开始对项美丽的中国故事和作品产生兴趣，也正是在翻译《走进中国》（*China Hands*）的一书过程中。

1997年，一天我去看望翻译家董乐山先生，他拿出这本描述"中国通"的书，说是哥哥董鼎山先生不久前新从美国寄来的。董乐山推荐我看，还说我会对之感兴趣。该书作者彼得·兰德（Peter Rand）的父亲，曾在抗战期间任驻华记者，在父亲去世之后，兰德先生开始追寻父辈们与中国的故事，创作了这本非虚构作品《走进中国》。该书生动叙述从二十年代到四十年代末期间，相继来到中国的一批美国记者、作家的故事。董先生说得不错，我的确非常喜欢这本书，不仅仅因为那些美国记者、作家的中国故事富有传奇性，还在于，我过去所写过的萧乾、刘尊棋等新闻界前辈，曾与书中的伊罗生、斯诺夫妇、白修德等人，分别有过密切交往。于是，通过董氏兄弟牵线，我与作者兰德取得联系，完成了此书的翻译。

翻译过程中，我撰写"在历史现场"系列文章，介绍书中这些走进中国的美国记者的故事。系列文章获得陈晓卿兄的青睐，遂邀我与之合作，拍摄八集纪录片《在历史现场——外国人眼中的中国故事》。其间，有了一次美国之行。采访兰德先生，在国会图书馆、国会档案馆查阅资料，第一次看到了《时代》周刊，第一次看到了美国记者"二战"期间在中国拍摄的纪录片……

就这样，一本书的翻译，让我的目光延伸至一个新的领域。未想到，随后十几年时间里，我的大部分写作，居然都与之相关。可以说，没有《走进中国》的翻译，也就不会有后来的《封面中国》系列。

在《走进中国》一书中，项美丽不是主角，但所述所忆，时常被作者引用穿插，成为历史场景的细节补充。

兰德写到重庆成为战时陪都后，从香港飞往重庆的航班对行李重量有严格限制，以及日本对重庆的大轰炸，均引用项美丽的家书予以佐证：

> 乘客受到严格要求，只允许带两磅多重的行李，不过，由于本身的自重不在限制之列，人们就常常穿着好几套衣服，背心里塞上许多东西抵达珊瑚坝。"我穿上长筒靴子，中国人在我的衣服外面套上棉袄，再套上皮袄，另外再带上一件大衣，这是一些慈爱的爸爸带给这里的儿子的。"项美丽，《纽约客》的一位年轻作者1939年从香港飞抵重庆后，在家书中这样写道。
>
> ……颇值得一记的是，项美丽在家书中说，重庆人憎恨日本人"最主要还不是我们必须面对死亡和废墟，而是那些漫长的、阴郁的地下时光，以及月夜里睡梦被惊扰"。

当时，重庆为外国记者专门修建一处招待所，与别的记者不同，从香港临时来此的项美丽，并不喜欢这里：

> 项美丽不同，1939年她来重庆逗留时，在记者招待所呆过不少时间，但她不愿意踏踏实实在这里住下来。"第一，我不习惯记者招待所的难受。"她在《中国与我》中写道，"第二，也不喜欢那里根本没有可以躲避的地方。第三，用的还是比原始条件还要糟糕的马桶。(我们在刚果用的抽水马桶还比重庆记者招待所好得多。)"

兰德书中写到项美丽为撰写《宋氏三姐妹》一书，专程来到重庆采访：

> 项美丽具有圣·路易斯的自由精神，在三十年代后期日本占领上海期间，她从上海为《纽约客》撰写风格活泼生动的特稿。她在1940年冬天来到重庆，专程采访宋氏姐妹——孙中山夫人、蒋介石夫人、孔祥熙夫人，她正在为她们写一本书。她在重庆住了几个月，她的出现使该地像是挺不错的地方。

不时在《走进中国》出现的项美丽，在我眼里，不再是过去文坛轶事氛围中的那个颇有些惊世骇俗的奇女子，兰德所提及的《中国与我》，更是引起我极大兴趣。

听说《中国与我》早在四十年代已有中文节译本，遂烦请上海的陈子善兄，帮我复印一份。越读越觉得项美丽的中国故事，实在传奇，精彩无比，颇为一直无人关注她、研究她而感到遗憾。我甚至一时心动，想抽时间将《中国与我》全书翻译。

恰在此时，一位美国朋友介绍韩素音的女儿蓉梅来看我。1941 年，蓉梅一岁多时，由韩素音在成都收为养女。我与蓉梅见面时，她已是花甲之年，那几年，她常常来中国，定期到成都一所中学教英语。聊天时，我问及项美丽，巧的是，她不仅见过项美丽，还与项美丽的女儿卡罗拉是好朋友，一直有往来。她当即留下卡罗拉的通信地址和电子邮箱。

可以想象当时我喜出望外的心情。

1999 年前后，我与卡罗拉联系上了。她很高兴我对她母亲的故事和作品感兴趣，并有翻译的意愿。她先后为我寄来项美丽的三本书《中国与我》《宋氏三姐妹》和《不必匆匆回家》（*No Hurry to Get Home*）。

互联网刚刚兴起之时，我们的通信基本都是电子邮件。不过，电脑不断更新换代，邮箱也多次更换，当年的电子邮件很难一一找到。幸好卷宗中留有当时打印下来的卡罗拉两封来件，无具体时间，但从内容看，它们均写于 2000 年底：

亲爱的李辉：

你好吗？我想一定很好。蓉梅告诉我，她已经对你说过我很高兴再次与你联系。我会在十二月二十四日到整个一月离开纽约。你可以发电子邮件至我的 carvinfrench.com 邮箱。可惜的是，我还没有电脑，只能从朋友那里接收邮件！当然，我希望能很快拥有一台自己的电脑。

我母亲的一本书又在这里再版了。书名为 *No Hurry to Get Home*（《不必匆匆回家》）。结束旅行回来后，我会寄赠一册于你。令人伤心的是，我父亲在四月份去世了。这本书是献给他的。

良好祝愿，卡罗拉

亲爱的李辉：

谢谢你的体贴的来信。是的，我父亲将永远活在我的记忆中，活在《中国与我》一书中。由你来翻译这本书，实在太好不过。如果涉及任何相关出版事宜，请与 Richard Curtis 先生通过 curtisagency.com 邮箱联系。他的传真号码为：（略）。

我祝福你有一个美好的新年。

真挚的卡罗拉

十多年后重读卡罗拉的信，我觉得内疚得很。由于我很快投入到《封面中国》的写作之中，而且，没想到一写居然就是十余年。结果，翻译《中国与我》的想法，一拖再拖，久未实现，辜负了卡罗拉的一番热情和期待。

我希望，还有机会弥补。

翻译《中国故事绘本》，或许是个开始。

三　与卡罗拉一起怀旧

与母亲项美丽一样，卡罗拉注定与中国有关。1941年，太平洋战争爆发前，她在香港出生，在父亲被关进集中营之后，她与母亲一同度过最艰难的三年。直到1943年，通过战俘交换，项美丽携她前往美国。

回到美国不久，项美丽于1944年出版了《中国与我》一书，尾声写到，1943年，她与保姆阿玉等一起，带着三岁的女儿卡罗拉，去集中营看望查尔斯。在此之前，卡罗拉从没有见过查尔斯，不知道查尔斯就是她的父亲：

那天早上，我拿出保罗花大价钱买来的蓝纱裙和帽子，给卡罗拉穿戴好，和保姆、鲍克瑟·查尔斯的家人一起，十点钟到了集中营门口。查尔斯正在做胳膊护理按摩，没有人对他说我一直在等他，我们只好耐着性子足足等了一个半小时，卡罗拉的裙子都起皱了，我更是心烦意乱。

一年零八个月，我们两人既没有说过话，也没有近距离地见过面。我想他应该有所变化。我估计自己也变了。

1945 年项美丽和女儿卡罗拉

我想好了以各种方式应对变化，却没有去想事实上他可能根本没有变。他终于过来了，在看守官背后规规矩矩站好，一见到我，他咧嘴笑了，还做了个鬼脸，一切都很好。

我忘记当时说了些什么。这并不重要，因为实际上我们不可能敞开交谈。看守官坐在那儿听着，半个小时过去了，我也不记得说了些什么。这不是我期望的；我本以为现场会发疯说出所有事情，当然没有这样做，后来我不免为此感到有些遗憾。一切都算好。毕竟，在那样一种情形下，你还能说些什么呢？半个小时里我完全语无伦次，但我喜欢那样。

趁着看守官转身的一刹那，我们赶紧接吻，带走查尔斯的时间也很快到了。就在他们走出去的时候，我听见看守官说：

"允许你和她吻别。"

"我早吻过了。"查尔斯说。

"是吗？我可没看见。"

"是的，我吻过了，现在可以告诉你。"

他们一边争论一边走出门。卡罗拉见到查尔斯时很害羞，这会儿看上去又有些不安。"叔叔走了。"她说。

"叔叔？那不是叔叔，傻孩子，"阿玉说，"那是爸爸。"

"噢？"她毫不犹豫地改口，"爸爸走了。"说完，就开始哭起来。

"爸爸走了，"我说，"卡罗拉，我们马上到美国去。"

　　带卡罗拉回到美国，在完成《中国与我》一书之后，1946年，项美丽完成了两种童书绘本，一是 *China A to Z*（《中国的ABC》）为低幼儿童所写；一是 *Picture Story of of China*（《中国故事绘本》），是为八九岁的孩子所写。据六十年代新版《中国故事绘本》的勒口文字介绍，《中国故事绘本》其实是项美丽特意为女儿卡罗拉所写：

　　　　"这本书是为卡罗拉写的"，项美丽在写这本有趣、快乐的书时对自己这样说，她在中国生活九年，小女儿卡罗拉就在那里出生，这是关于中国的故事。卡罗拉很爱读这本妙趣横生的中国绘本，哪怕当年她太小，记得不那么清楚。

　　从介绍看，《中国故事绘本》一书，伴随她度过快乐的童年。项美丽以这种方式，让远离中国的卡罗拉，从小开始熟悉中国，熟悉地球另一面那些与她同龄的中国孩子们的家庭、学习、日常生活、文化习惯。

　　为卡罗拉而写，当然，也就是为许许多多与她同龄的美国孩子而写。"二战"刚刚结束，一个新的世界正向人们走来，显然，与中国有着难解难分情结的项美丽，关注着中国新的发展，她也希望更多的美国孩子，从 ABC 的常识开始，了解一个遥远国度的孩子与文化。如她所期待的，未来两国关系的发展，有赖于新一代人陌生感、距离感的消失，有赖于情感与文化的交融。

项美丽很懂孩子，也擅长于为孩子写童书。在完成《中国故事绘本》文字之后，她特意约请曾在中国生活过的德国人克特·威斯，为这本书绘制彩色蜡笔画。新版《中国故事绘本》这样介绍绘画作者克特·威斯：

> 克特·威斯直到三十岁，才发现自己可以成为一名艺术家，当时他成为战俘入狱，先关押在中国，后关押在澳大利亚。他出生于德国威斯特伐伦州（Westphalia）的明登（Minden），在那里接受教育。一九〇九年，他前往中国经营苯胺染料的出口贸易。一九一一年，他经历了中国辛亥革命期间的恐惧。刚到中国，他马上开始学习中文，在一九一四年第一次世界大战爆发时，已经熟练掌握。作为德国公民，他卷入战争，在参加第一次作战后便被俘，在战俘集中营一直关押至一九一九年。被关押期间，他开始创作关于中国景物、人物的绘画，从而发现自己足以成为一位艺术家。从此，他大获成功。

一位美国人，一位德国人，两位先后在中国生活过的外来者，1946年联袂完成这本童书，妙趣横生地将中国的历史、文化、生活，呈现于美国孩子们面前。

时光流逝七十年。我尝试将《中国故事绘本》《中国 ABC 绘本》一并译出，组合出版。谨按照原作的体裁样式，将前者译为散文，后者译为打油诗，且尽量接近于儿歌。有些忐忑，不知阅读此书的中国父母，能否接受它们。他们会乐于在孩子面前朗读它们吗？

无论如何，希望越来越多的中国读者，知道当年有位美国女作家项美丽，曾在中国度过难忘时光，曾经写过她总也写不完的中国。

谨将中译本献给远在美国的卡罗拉女士。今年，她该是七十三岁的老人了。

其实，翻阅《中国故事绘本》和《中国 ABC》，我们自己恐怕也会对文字与画面所描绘的场景感到陌生，为之新奇。谁能想到，仅仅七十年过去，项美丽笔下的中国故事，如今在我们这里大多已经踪迹难寻了。

那么，不妨再读读美国作家项美丽的童书绘本，来一次我们自己的文化怀旧……

2014 年 8 月

美在风雨同舟，美在相濡以沫

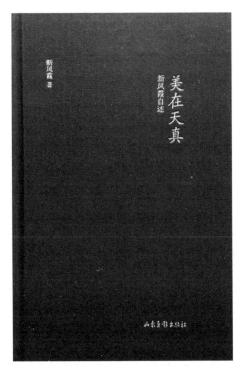

《美在天真：新凤霞自述》书影

十多天前，我在河西学院，接到吴霜的电话，说母亲新凤霞的自述出版了，书名为《美在天真》，希望我能读一读。当然要读。"美在天真"，是诗人艾青当年对新凤霞的赞誉。但在我的眼中，新凤霞与吴祖光的美丽，不在天真，而在于彼此的相濡以沫。吴祖光1957年被打为右派，新凤霞出于真心挚爱，拒绝离婚，故而也被打成右派。这就是心心相印的感觉，就是不离不弃的坚韧。之后的岁月，两人走过风风雨雨，哪怕受牵连，哪怕受批判，哪怕瘫痪，他们都挺了过来，结伴同行，终于迎来美满的晚年。

这才是我眼中最美丽的人生风景！

认识吴祖光新凤霞夫妇很早。我到《北京晚报》之后，时常采访文艺界活动，那时就与他们在不同场合见面。我在"五色土"编辑"居京琐记"栏目，致信吴先生，很快他寄来《洗衣记》，对北京的服务行业予以批评。随后，又寄来一篇《虎豹别墅与琉璃厂》，写他在新加坡参观虎豹别墅，对正在装修的琉璃厂的五颜六色予以批评。

吴祖光的坦率直言，终其一生，他也为此吃了不少苦头。上个世纪的九十年代末，一位女顾客在北京某著名超市购物，被非法无理搜身。看到这一报道，年过八旬的吴祖光，仗义执言，撰文抨击商家，为一位弱女子打抱不平，结果却招惹经年不休的官司纠纷。这一官司牵涉他许多精力，但他犹如困兽一般，虽遍体伤痕，精疲力竭，仍要发出自己的声音。那两年，每次见

美丽如斯

面，都会感受到他的侠义和刚烈。最终，他的这一举动，赢得舆论普遍支持与公众敬重，从而，在他生命的最后几年，画了一个完美句号。

不过，我第一次走进位于东大桥的吴祖光家中，还是萧乾先生的举荐。

当时，我刚刚开始写传记，第一位传主是萧乾。萧乾建议我接下来应该写吴祖光和新凤霞的传记。1987年8月27日，萧乾来信对我说："再者，我在考虑张权之后，你写吴祖光、新凤霞伉俪。（1）故事生动（2）资料丰富（3）他们即住在×××（4）符合你的侠义标准。"他还特地附上一封信，让我持信去拜访吴祖光夫妇。我当时住在三里屯，骑车去东单上班，总是要路过那一带，就这样第一次走进吴家。

新凤霞早在1975年脑血栓发病，导致偏瘫。她在家里扶着轮椅慢慢走过来，与我打招呼，声音温柔。当时，已有人为他们写过一篇报告文学，为他们写传记的设想未能实现，至今颇感遗憾。不过，自那之后，吴家成了我不时前往的地方。

十年之后，萧乾又来一封信，谈到读新凤霞作品的感受：

李辉：

谢谢你9月15日的信。由于洁若在此陪我，很少回家，我最近才收到。你的建议很有启发性。我在深思。但一则手边堆的事太多（例如，新凤霞送我六部（！）新著，回

忆录，我在读并认为很值得一评），同时，我目前还不能过多地用脑（大夫每次来见我读或写就警告）。所以只好等以后再说吧。匆问

双好

萧乾

1997 年 10 月 11 日

这六部新凤霞作品我也在阅读中。新凤霞与吴祖光结婚之后，一位从未念过书的"评剧皇后"，在吴祖光的引导下开始认字，开始画画、读书、写作。多年之后，晚年新凤霞为我们呈现出将近二百万字左右的回忆录与演艺散记，如《新凤霞回忆录》《我与皇帝溥仪》《新凤霞说戏》等。不能不佩服她的毅力，当然，更得感谢吴祖光。

《美在天真》的文章，大多是第一次看到。这是当年新凤霞交给一位来自台湾的朋友，希望能在台湾地区出版，遗憾的是未能付梓，多年之后这些手稿终于回到吴霜手中。经山东画报出版社努力，在新凤霞九十周年诞辰之际，这本《美在天真》终于得以出版，也是吴家的儿女们献给母亲的最好礼物。

在认识吴祖光夫妇后，我随即认识丁聪、沈峻夫妇，于是，从重庆到北京的这些"二流堂"聚会时，如有时间，我总是会去参加，当然也是其中最年轻的。"二流堂"的人物里，

从夏衍、唐瑜一直到吴祖光、冯亦代、黄苗子、郁风、丁聪、吕恩、高汾等，我都有过访谈和通信，饭桌上的饮酒畅谈，更是令人期待。

"二流堂"中，只没有见过盛家伦先生，他早在1956年去世。黄苗子先生说，三十年代的《夜半歌声》的美声歌曲，就是他演唱的。在《美在天真》里，新凤霞的长文《一个音乐家对我的帮助——怀念盛家伦》，细细读来，一个音乐家的身影，清晰呈现眼前。新凤霞写到，盛家伦和他们住在一个院子里。他教她如何吸收西洋的方法和经验发声，注意共鸣和咬字等等。她对盛家伦生活细节的描叙也颇有特点。她写道：

> 盛家伦住一间大屋子，四周全是书，中国、外国的书，什么书都有，他真可说是博览群书，有学问，知识渊博。他孤身一人，一天到晚待在屋里就是不停地看书，也常常有人向他请教问题。他脾气不大好，不喜欢的人就不理人家。他的生活习惯也很古怪，一年四季床上都铺着凉席。一日三餐有一顿没一顿，买一个大面包，一块黄油，饿了吃一点，可以吃几天。他买一大桶奶粉，打开盖子放在桌上，懒得用水冲，一边看书，一边用手抓着往嘴里送。他喜欢跟我聊天，了解旧社会贫苦艺人的生活经历。我问他："你给《夜半歌声》唱的那支歌，你认为怎么样？"他摇头说："不怎么样，我是随便唱唱，我很不满意，那时有

那时的情况。"

行文可见，新凤霞的观察之细，叙述之妙，因为这些文字，才让我看到盛家伦与众不同的秉性。文章最后，新凤霞充满情感的缅怀这位老大哥，这位对她予以极大帮助的盛家伦。她写道：

> 我没有忘记盛家伦。他一生孤独，没有结过婚，也没有兄弟姐妹，生活也没有规律，没有人照顾他。他在一九五六年因病去世，享年五十一岁。这位学贯中西的音乐家，全国解放以后，他在民族音乐研究所任专职的研究员。我知道他在专题研究东方的印度音乐，也在研究中国的古代音乐。他在研究一种叫作"埙"的古代乐器，是用陶土烧制的像梨的形状的一种乐器，他屋里摆了好几个。他的兴趣很广，无论是音乐、戏剧、绘画、雕塑、电影……都有深刻的理解，也有研究的计划，但是这些计划都没有完成，就太早地去世了。
>
> ……
>
> 几十年以来，我的道路坎坷，不幸接连着不幸。但是我每前进一步，都怀念着我的这位严肃、清高、认真、直爽的老大哥、音乐家盛家伦。

　　　　　　　　　　　　　　美丽如斯

读这些文字，完全可以体会新凤霞对一位老大哥的感恩。

感恩，就是内心的美丽。

读此书中的《老舍先生为我和祖光做媒》，才知道原来老舍是吴祖光、新凤霞的"红娘"。

五十年代初，吴祖光和新凤霞都分别离异。吴祖光与吕恩因为性格不合，双方主动离婚。新凤霞也在此间与一个"戏霸"陈世起离婚。前几年，我在香港《大公报》查阅黄永玉先生发表在副刊上的文章，其中找到这篇新凤霞的文章，题目为《我为什么要提出离婚？》，详细叙述自己的离婚过程。复印下来，并录入留存。这也是一个难得的珍贵史料。

当初，我嫁陈世起的时候，是在旧社会。那时候我就知道嫁了人可以减少许多麻烦，至于陈世起是怎么样一个人，他的根底怎么样，我是一概不清楚，就觉着只要"年貌相当"也就"认命"了。嫁过了之后，不但知道他家里有老婆，而且发现他交的那群"狐朋狗友"都是一些个流氓，天津所谓的"杂把地"。这群人整天混在一起，吃喝嫖赌抽，净干些个不正经的事情。陈世起就在外面花天酒地，整天价玩女人。我那时就是一脑子旧思想，总觉得这都是"命"里注定的。男人在外边弄女人，也是自古以来就这样传下来的。自己无论如何也得忍着，千万不能因为这样事跟他吵。那多让人笑话呀！再说，那些男人，谁不爱拈花惹草的，这不算什么。话可是这么说，心里也是觉着怪难受的，常常生闷气生的吃不下饭，为这个有了病也不愿意跟别人说，晚上也是常一宵一宵地睡不着觉，把眼泪都快哭干了。后来，我就瘦得不像人模样了，唱戏有时候能昏在台上，就是这样，我跟着他窝囊了整四年。

新凤霞自述，在演出《刘巧儿》《小二黑结婚》《小女婿》等戏曲之后，她开始醒悟，终于下定决心，提出离婚。文章最后写道：

陈世起这次被抓起来，虽然还没判决，但是，至少他是政治上有问题的人，更何况他家里有妻有子，这在新婚姻法上就是不合法的，今天，我既然要下决心做一个真正能为人民服务的演员，就应该从自己本身做起，经过一段时间的思想斗争，我决心不顾一些落后的人说长道短，放下旧社会那些陈腐的包袱，跟陈世起脱离夫妻关系。这样，用我的理智战胜了我过去的软弱，真正地从思想上把我解放出来，我就像我演的那些可爱的农村妇女一样，勇敢地到区政府办理了离婚手续。精神上就好像去了一万斤重的大石头一样，感到"轻松愉快"。

我就是这样，要跟陈世起离婚。因为，我绝不能跟一个在政治上有问题，整天游手好闲，不务正业，思想上不进步，专门玩弄女人，而且家里有妻子的男人生活在一起。

将近七十年后再读新凤霞这篇文章，完全可以理解她的内心感受。

缘分，一切都是那么巧合。

新凤霞写到，早在四十年代的天津她已是主角，爱看戏、看电影。1946年，她在天津劝业场的三楼皇宫电影院，观看周璇、吕玉坤主演的《莫负青春》，编剧是吴祖光。她说，史东山、蔡楚生、吴祖光，在她眼里都是尊敬的有学问的名人，最后她还特意强调一句："尤其是吴祖光。"随后，她去北洋大戏院，观看上官云珠等人演出的话剧《风雪夜归人》，对上官云珠印象很深，说："她真好看！"话剧团团长唐槐秋建议评剧团也演出《风雪夜归人》，说这个剧本是吴祖光写的。新凤霞他们开始排演《风雪夜归人》，刚刚开演，被禁演，理由是"有伤风化禁演"。

谁能想到，几年之后，在老舍的穿针引线之下，终于水到渠成，吴祖光与新凤霞走到一起。新凤霞高兴地写到下面这段文字：

> 新中国成立后，老舍先生为我介绍了吴祖光。福安大哥知道这件事，十分高兴，他专程来京，支持我说："咱们当年演出吴祖光的《风雪夜归人》，哪想到能看到本人？

你们成了两口子，这可是缘分啊。"

如新凤霞在这篇文章的开始部分所写："我和祖光近五十年的夫妻生活，坎坎坷坷走过来真艰难呀，要说我们两个共同点不少，可是个性和生长环境都有很大的不同。但我们基础好，几十年了，遇到多少风暴雷雨都没有动摇我们。"这段话，发自内心，铿锵有力，掷地有声。

从此，两个人结伴同行。

新凤霞是艺名，本名杨淑敏，小名杨小凤。1927 年 1 月 26 日，新凤霞出生于苏州，后被人贩至天津，开始学艺，最后成为评剧表演艺术家。如果我记得不错的话，1998 年 4 月，是新凤霞与吴祖光结婚五十年后，第一次返回吴祖光的家乡常州。冥冥之中，坐在轮椅上的她，意外地在那里去世。可谓适得其所，魂梦有托。

之后几年，吴祖光的身体也越来越差，渐渐患上老年痴呆症。2003 年 4 月，在"非典"开始袭击北京之际，他也去世远行，离开了我们。

半年之后，吴欢兄送来一本父亲的日记，写于 1954 至 1957 年之间。我开始整理，于 2005 年 11 月出版。在这本日记里，吴祖光记录新凤霞的地方颇多，包括买房子、新凤霞演戏、孩子们的乐趣等。读起来，颇有味道。略摘录几段如下：

五十年代吴祖光与新凤霞

一九五四年

一月

一日

今天是元旦，但我没有过年的感觉，在未来遥远的日子里，我想每天都应该像过年一样的幸福愉快。我今天继续工作，整理为凤写的文章，准备给《戏剧报》用的。

二日

早晨秀贞来为大牛穿衣服都不觉得，九点钟被人敲门惊醒，是《北京日报》的徐琼同志，谈些朝鲜事情，约写文章。并把凤文抢去，不想给《戏剧报》了。

晚偕大牛至桐园沐浴。

大牛说："为什么老是女人生小孩，怎么男人不生小孩呢？"我说："因为女人是妈妈，所以女人生小孩。"大牛说："男人肚子大不起来啊？"他又说："我不生小孩。"我说："你生一个吧。"他说："我生一个爸爸，生一个妈妈，生一个吴祖光，生一个新凤霞。"

我说："吴大牛是小名，大名是吴刚。"他说："大牛是大名。"我说："是小名。"他说："小名为什么叫大牛？"

他说："我们家人都姓吴，吴祖光，吴大牛，吴欢欢，无线电亦姓吴。"

九日

上午整理屋子，凌元来谈，约写文章，许姬传来拿文章来看。午饭后至车站接凤霞，张庚、马少波等都在，一时四十分车到站，然后我一人步行到怀仁堂，听贺龙将军报告，至五时结束。与司徒、东老、纪元同车回家至祥泰义购菜及点心，抵家而凤仍未回。至六时许才偕大牛从陕西巷回来，不免一番忙乱，收拾行装。郑佩琴和湘琴来小谈而去。十时许凤就寝，王肇裡来小谈而去。唐漠来电话，明日要的文章延至十三号交，放心安睡。但大牛一夜数尿，始终没睡好，凤亦总是醒着。

二十日

读凤霞《朝鲜纪事》，真挚动人，非常惊喜，就写作来说她也是很有前途的，她真是一个天才。午后去洗澡，四点钟看《伟大的曙光》，是老片子，表现斯大林对列宁的爱护无微不至。

复老舍信。

二月

十三日

晨，凤去医院。刘承基、戴雪如、阳友鹤、曾荣华等来小坐。中午凤返，同去四川馆午餐，……凤孕象已成，甚伤脑筋。

十四日

晨，田庄、汪明、杜高三个流浪儿来，与凤打牌，以上次负牌，故今早买鸡而来也。今日凤又去门头沟对农民露天演出。……凤十二时始归，因今日穿皮袄，故不觉冷。

十五日

凤晨去医院验血。午后二时至文化俱乐部开会，为慰问解放军直属总分团成立也。团长滕代远报告，传达董老之报告。老夏六时许来，请在四川馆晚餐，九时又去和平画店小坐，送我印度孔雀毛一束。凤今晚演晚会，同总理、朱德等看戏。

十八日

晨六时即起，送川剧院行。九时半沐浴。……至寄卖行为凤购晨衣两件。甚便宜且美观。晚至中和与云卫夫妇同看凤演《刘巧儿》，真乃声容并茂。

一九五七

四月

二十八日

晨凤约评剧院领导同志来家谈剧本，凤休息一月余整理了《双婚配》及《红楼二尤》两个剧本，真了不起之事。

《吴祖光日记》经整理由大象出版社出版

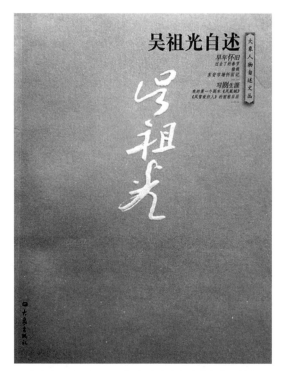

吴祖光先生去世一年后，《吴祖光自述》由大象出版社出版。

六月

二十三日

今日星期，晨起为凤看文稿，篇篇都好，她真是天才，而且写作精神可佩。每篇不过改几个字及标点就可用。

吴祖光的日记虽仅涉不到四年，内容却十分丰富。从与潘汉年、夏衍等的往来，到与苏联专家打交道，都记录十分详细。1957 年最后几个月的记录，更是呈现历史的远景。他开始在日记里罗隆基、章乃器等人的批判，他哪里想得到，随后他与新凤霞也都成为了"右派"。很快，吴祖光与"二流堂"的几位右派分子黄苗子、丁聪、高汾等都乘车前往北大荒劳动改造。他们夫妇的命运，从此陷入逆境。好在彼此心心相印，相濡以沫，终于等到了平反的日子，又一同迎来晚年创作的高潮。

记得六年之前，盼了一冬天迟迟不见面的雪，竟在 2012 年 3 月春分节气到来的前三天，悄然落在北京，早上拉开窗帘，雪景宜人，禁不住一阵惊喜。面对雪景，我找出珍藏多年的吴祖光先生墨迹与题跋，居然两件都与冰雪有关。

一件是 1990 年他书写元代王冕的诗句相赠："冰雪林中著此身，不同桃李混芳尘。忽然一夜清风起，散作乾坤万里春。"

另一件是《风雪夜归人》戏单。如新凤霞所说，《风雪夜归人》是吴祖光四十年代初期在重庆发表的成名话剧，当年他只有二十几岁，故有"剧坛神童"之称。八十年代初，中国青年艺

父雪林中著此身不同
桃李混芳塵壑然一夜
清香發散作乾坤萬里
春

李輝
在紅賓坑儷雅賞

祖光書梅花詩庚午冬光

吴祖光书写王冕诗句相赠

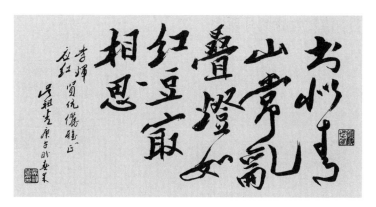

吴祖光书写纪晓岚诗句相赠

术剧院重新上演该剧，我有幸观看并保存戏单。1997 年，与吴祖光聚会时，我带去请他题跋。他写道："不知何年演出，望之恍若隔世，为李辉先生题此留念。吴祖光　一九九七,四月十四日。"

　　一转眼，被吴霜称作"美人娘"的新凤霞已经离开二十年，吴祖光也离开十五年。去年，适逢吴祖光百年诞辰、新凤霞九十诞辰，谨以此文追忆那些流逝的岁月，感怀他们风雨同舟、相濡以沫的结伴同行……

完稿于 2018 年 1 月 28 日,北京看云斋

请君为我倾耳听

与可凡兄交往，要想没有惊喜，几乎不可能。

一天，他发来短信。他说，读我的《封面中国》一书，其中写到《时代》创办人亨利·鲁斯是美国传教士的后代，在山东蓬莱出生、长大。他忽然想到，有一年在上海，著名画家刘旦宅曾邀请他参加过一次宴会，宴请的嘉宾来自美国，并且是鲁斯的孙子。原来鲁斯的孙子是刘旦宅的女婿！如此之巧，令人喜出望外。我立即回复，请他代为了解鲁斯之孙的近况，或许有一天，我会有机会倾听鲁斯孙辈细说家族的中国往事。

2013 年秋天，九旬的黄永玉先生在上海举办《我的文学行当》展览，可凡安排一次宴请，他在电话里对我说：

"我要给黄先生一个惊喜。"

"什么惊喜？"

"到时候你就知道了。"他卖了个关子。

如约走进，只见一位老太太已经坐在席间。可凡将黄先生引至老太太面前："你们还认识吗？"黄先生想了半天，未能想起。老太太端详一下，说："你是黄永玉！"听过这话，黄永玉再凝神注视片刻，一声惊叹："啊，你是……！六十年没见了，是你呀！"原来，可凡特地从杭州请来的是金庸先生的第一任妻子，黄永玉与她自1952年之后从未见过面。

的确一个大惊喜！

早就见过黄先生1951年的一张老照片，是在香港举办的画展现场。照片上，二十几岁的他，身着西装，风华正茂，身后的背景是一幅美丽女子的油画肖像。第一次看到这张照片时，黄先生告诉我，这位美丽女子是当年金庸的妻子。黄永玉与金庸同岁，1924年生人，属鼠，四十年代末两人都在香港《大公报》工作，且坐同一个办公桌。实际上，黄先生通常不叫"金庸"，而是如年轻时一样，称他为"小查"。前几年，一次在香港聚会，金庸、蓝真等老先生前来，金庸指指黄永玉笑着对我说："现在能叫我小查的，恐怕没有几个了。"

没有想到，黄永玉画像上的那位美丽女子，六十年后会出现在我们面前。八十多岁的老人，容颜依然清秀，举止典雅，心境格外平和。席间，黄先生告诉大家，当年举办那次展览时，她每天都来到现场，帮忙接待来宾。久别重逢，多少往事，多少人生感慨……

多少日子，翻一翻，都过去了。

我想不出来，除了可凡，还有谁能做出比这更好的重逢安排？这正是他的可爱之处，非凡之处。

可凡与文化老人有缘，深谙与前辈交往之道。能够这样做，虽然与人脉丰富相关，但恐怕更在于在与人交往过程中，可凡发自内心的真诚、热情、善良与宽厚。如今都爱说"暖男"，可凡却真的称得上是物以稀为贵的一个大"暖男"。他总是用一个又一个惊喜，传给人们暖意，增添生活亮色。

拜读可凡与宋路霞联袂撰写的《蠹园惊梦》一书时，我觉得，"情怀"这个词放在可凡身上极为贴切。无论《可凡倾听》，还是他与人交往，包括这本极具分量的家族史大书，都离不开"情怀"二字。

可凡在《蠹园惊梦》一书中，充分体现出追寻历史的渴望。在我们成长的年代，家国历史一度被不断割裂。无论名门望族，或者普通家庭，谈起家族与宗祠，多少人甚至心存畏惧，避之唯恐不及，以免引火烧身。可凡终于等到了可以讲述自己家族故事的时候。《蠹园惊梦》，应运而生。家族渊源与难舍情结，乃至在多年人物访谈节目中渐次形成的历史观，使可凡深感有责任写一本关于父母两个家庭相互交融的家族史。曾祖辈王尧臣、王禹卿从无锡青祁村走出，最终成为呼风唤雨的中国面粉大王，王家在青祁村修建的蠹园，自开园之后，上演过多少风云往事。幸运的是，可凡四处搜寻而获的千年诗文与百年档案，足以搭建起家族叙述的骨架，再辅以前辈故事与时代风云，一本《蠹园惊梦》，既是个人家族史，更是江南工商史、文化史的一部分。可凡在书的扉页上，郑重地写上"谨以此书献给我的祖母王秀芬女士及父亲曹涵祥先生"，他履行了一个后辈的责任，有理由为此感到欣慰。

说实话，读了这本书，我才真正认识到，"可凡倾听"之所以在众多访谈节目中出类拔萃，不只是因为可凡主持风格的从容、幽默、举重若轻，更在于他拥有的浓郁的人文情怀。一个主持人，钟爱历史，深谙文化，他便能赋予访谈形式以深厚内涵，用自己的情怀调动访谈对象的情绪，触动对方的内心，从而引发出不一般的话题，不一般的讲述。

清明之前，可凡发来他的一本新书稿《可凡倾听2014》，嘱我写序，我遂有幸先睹为快。

这本书中，有许多熟悉的名字。他与台湾吴念真先生的对谈，我读了再读。

吴念真的故乡是矿区小镇九份。去台湾旅行时，我曾去过九份，并在一家旧书店里淘了好几本吴念真的初版书。对话中，可凡问吴念真："小时候那么频繁的矿难，给你们那些矿工的子弟是一种什么样的心理冲击？"吴念真谈论儿时的生死体验，令我感触无限。他的父亲，还有同学的父亲，各自走进自己的矿井，无论哪座矿井倒坍，他们都有可能失去自己的父亲。吴念真说，九份有一位专门办丧事的老太婆，他最怕她走进他们的教室，最怕喊出任何一个同学的名字。吴念真说，如果有哪个同学的父亲走了，他会痛哭。他对曹可凡说："其实，我不是在哭那个死掉的，我在哭我的同学，因为第二天他们可能就不能上课了，他们可能到城市里面当童工去。所以心里那个痛，一直在，就是怕离别，到现在为止还是怕离别。"

离别——我们每个人心中最深的痛。

"请勿为死者流泪，请为生者悲哀。"吴念真提到一本书的扉页上的这句话，穿透人心。念过一次，不再会忘记。

曹可凡与吴念真

可凡与麦家对话，深深触动我的同样是麦家的一句话："在亲情面前，名利都是零。"上海书展期间，麦家应邀与英国作家、诺贝尔文学奖得主奈保尔有一场对谈，但是，就在对谈开始之前，他得知母亲晕倒，已紧急送进医院。匆匆之间，麦家只与奈保尔说了一分钟的话，就告辞。面对可凡，麦家说出下面这番话：

"我觉得跟奈保尔见面也好、对话也好，都是为了名利，在亲情面前，名利都是零。我觉得如果我的母亲就此和我别过，而我在陪奈保尔吃饭、喝茶，那我会非常难过的。所以我当场

在台湾九份淘到吴念真的书

就跟奈保尔说，我说对不起，我有点事，我说我不能陪你吃晚饭了。第二天我也在陪我母亲做各种检查，因为她是昏迷了，根本不知道她什么病，后来病情稳定下来了，所以我跟他（奈保尔）还是如期对谈、对话了。尽孝必须要尽早，你不要觉得这个事情很重要，我要赶紧做了，其实这个事情很可能以后还有机会，但是对父母尽孝，你弄不好错过了今天就没明天。"

麦家之所以说出这番话，是因为他曾为过去自己与父亲的隔阂而后悔，写下一篇感人之深的《致父信》。我觉得，在这次访谈中，最精彩最感人的地方，恰恰是麦家谈论父母的这一份痛切情感。因为这些话，麦家更让我钦佩和敬重。

一个优秀的主持人，能够诱导对象敞开心扉，坦诚相对，娓娓道来。所谓"倾听"本意，就在于此。

想起李白《将进酒》的名句："请君为我倾耳听！"

名为"可凡倾听"，实为"倾听可凡"。我倾听可凡在与一个又一个人物对谈过程中，以浓郁人文情怀发出的美妙声音……

写于 2015 年 4 月 6 日，北京

仍在流淌的河水

——读《西方人文主义传统》

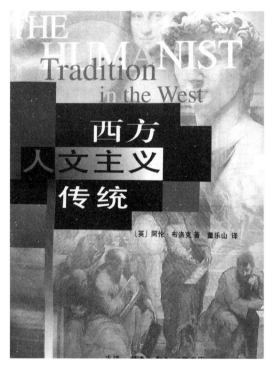

董乐山译《西方人文主义传统》书影

1

传统是条不会干涸、永远流淌的河。在《西方人文主义传统》(〔英〕阿伦·布洛克著，董乐山译，生活·读书·新知三联书店，1997 年)之中，作者所讲述的许多内容，无论时间上还是空间上都与我们相距甚远，可是，在作者从容不迫、举重若轻的描述下，人文主义作为人类精神与生活的一条长河，舒缓从容，丰富多姿，从历史远处流进阅读者的思绪和生活。

阅读时产生这样一种亲切感，当然与作者布洛克采用演讲的方式有关。不必过多地引经据典和枯燥考证，也不必把大量篇幅放在过于抽象的演绎和论证上面。不过，令人感到亲切的更为重要的原因，在我看来，恐怕还是他所采取的平和、朴实的风格。而译者的文风，正好适合于表现这一风格。没有剑拔弩张，更没有居高临下，显然，布洛克更愿意以自己所信奉的人文主义精神一分子的姿态出现在人们面前。他描述的不是概念的演变，不是哲学的交锋，而是与人类生活、文化、精神须臾不可离的实实在在的东西。他提供给人们的是历史演进过程中一个个场景和人物，这些场景和人物，将他所理解的人文主义，生动而丰富地凸现出来。

"人文主义不是一个哲学体系或者信条，而是一场曾经提出了非常不同的看法而且现在仍在提出非常不同的看法的持续的辩论。"（233 页）这是布洛克非常明确的观点。"不同"

和"持续"，正好可以看作是人文主义这条大河的特征：丰富而流动。"不同"和"持续"，是同一事物的两个方面。因为"不同"，才能"持续"而不凝固；而"持续"的过程，也为大量的"不同"提供了最大限度的活动天地。"我本人就不会把那种在人生和意识的问题上具有决定论或者简化论观点的看法视为人文主义，或者把权威主义的和偏狭不容异见的看法视为人文主义。但是在这种限度之内，辩论是自由的和连续的：它并不产生可以解决问题的最终答案。""为了同样的原因，没有人有权利可以说他对人文主义传统的看法是最后的定论，它只能是个人的看法。"（233页）当作者持有这样的态度时，也就决定了他会从多角度来审视人文主义，以开放性结构来概括人文主义，并且用相当自由和个人色彩极浓的姿态来勾画这条长河的流动。

2

毫无疑问，人本身是人文主义关注的焦点。布洛克所强调的人，更大程度是作为个体的人，而非集团的、群体的。人的潜在能力和创造能力的发现和发展，在他看来，是人文主义持久不变的中心主题，这一点，从文艺复兴时期人文主义发轫之时就充分体现出来。于是，对那些在人文主义发展史上占据一定地位的思想家、作家、艺术家等，布洛克总是对他们作为个人所具备的特点和作用情有独钟。在谈到文艺复兴时期时他这样说：

> 文艺复兴时期人文主义按其性质来说是属于个人主义的，它既不是一种信条，也不是一种哲学体系；它不代表任何一个利益集团，也不想把自己组织成一种运动。它只以受过教育的阶级为对象，这是人数有限的城市或贵族精英；不像路德或诺克斯那样，也不像后来反宗教改革的天主教那样，以没有受过教育的广大群众为对象。因此，作为历史力量，它有明显的软弱性，而当某些人组织起来把它当作异端邪说或虚妄幻想加以压制时，这种软弱性就更加明显了。但是，它所代表的思想，它对人的经验的价值和中心地位——用今天流行的拉丁文原文来说，即人的尊严——的坚持，力量是太大了，它们一旦被恢复和重新提出，就无法加以永远的压制。尽管在十六世纪末要认识到这一点是困难的，但是未来站在它们一边。（67 页）

强调个人性，实际上是把人文主义置放在最为坚实的根基上予以考察。

一种与人有关的思想，它不可能远离或者脱离一个个的个体而存在。他对世界的了解与看法，他所持的道德观也好，政治态度也好，只能是依据自己的人生体验。无论蒙田、卢梭，还是歌德，甚至 20 世纪的弗洛伊德，他们在人文主义传统中所占据的地位各有不同；但是，他们都是以自己的方式丰富着人文主义的传统，共同的特点则是直面人的本来状态，物质的、精神的，并不脱离现实生活的人生。在这方面，布洛克显然倾向于认为，作为人文主义的个人，不应该也不可能超越人的生存现实。"人的一切知识都来自自身的经验。……要想超乎人的状态是一种危险的诱惑：人若能学会接受自己的实际面目，就会快活一些，好过一些。这种自我接受不一定是自我改善的障碍；相反，它是自我改善的条件。"（63页）在分析蒙田和歌德时他所说的这番话，非常概括地反映出他的这一态度。

然而，这里所说的"人学会接受自己的实际面目"，我想，并非意味着迎合既定的样式，被动而消极地生活，而是同时包含着人如何认识自己的实际面目，如何将人潜在的东西发掘出来，将与人有关的一切予以透析、扫描，使得人对自身的了解与接受，真正进入一种自由状态。也正是依据这样一种见解，布洛克才把以对人的潜意识的发现而改变整个20世纪理论系统的弗洛伊德，列入人文主义伟人长廊之中。弗洛伊德是一个在许多方面与传统人文主义者有着显著区别的人，但是，他身上同样也体现了人文主义的特点，正是其对人自身的认识，充实了人文主义的传统。正是有赖于他的不懈而大胆的探索，20世纪关于人的描述，才进入了一个前所未有的历史阶段。布洛克将弗洛伊德看成是"在一个潜藏的令人吃惊的世界中进行探索的孤独探险家"（弗洛伊德自己也这样认为），而做这样的探险家，是需要抱着人文主义的信念才有勇气继续下去。这个信念就是，只有增加了知识，特别是认识自己的知识（"自知"），才能使人得到自由。（216 页）

弗洛伊德是探险家，在他之前或之后的人文主义者，其实都是探险家。他们在人的思想领域里各自摸索着一条适合于自己的路。

他们划着小船，悬挂着风帆，上面写着自己的名字，涂着自己的色彩，在人文主义之河上航行。

3

难以想象，没有"自由"这两个字，人文主义还有别的什么更能令六百年来一代代人为之倾心？

自由是人文主义的精髓所在，所谓六百年人文主义传统，其实也就是自由在不同历史时期、不同场合的状态和发展。不过，布洛克的重点显然不在对自由在政治选择方面的阐述，而是自由作为一种个人的精神存在，在人的道德、性格方面所起到的重要作用。几百年来的人文主义者，无论思想家也好，诗人、作家、艺术家也好，都重视个人自由和个人意识，认为这是人的关于真理和道德知识的来源。

自由，当然不是抽象原则，而是与每个个人密切相关的人生内容。它与人的道德水准、做人态度密不可分。正因为如此，在布洛克笔下，自由与宽容被描述为形影不离的伙伴，它们相互依存，相互烘托和映照。只有推崇自由，才会宽容他人，尊重他人的自由；只有具有宽容的性格，也才会使自由成为可以呼吸到的清新空气，可以看得见的色彩，可以触摸到的肌体。他非常欣赏里昂纳尔·特里林提出的关于人文主义的定义，这个定义可以看作对人文主义者一种完美人格的理想化设计："人文主义所珍视的个人美德是智慧、随和和宽容；它所要求我们的勇气就是在支持这些美德时所体会的勇气。它珍贵的主要智慧品质是温和与灵活——它要思想成为，用阿诺德所欣赏的蒙田的话来说，ondoyant et divers（波状的和多样的）。"（168 页）

人是千姿百态的个体，人的思想也就必然呈现出千姿百态。作为人文主义者，他的特点不仅仅在于坚持自己的个性与思想，在政治、思想、道德上相信自己的选择，更在于，他永远是用理解和宽容的态度，看待他人的思想和选择。某种程度上，后者更能成为判断一个人是否为真正的人文主义者的标准。读布洛克的著作，始终感觉得到他是在采取这样的态度分析和描述历史发展中的诸多人物与事件。他总是乐于在相似中找到各自的不同，总是乐于避免使用绝对化的方式。这有一个好处，能够使他看到问题的复杂性和多样性，能够在貌似矛盾的现象中找到内在的某种联系。

譬如，文艺复兴时期的人文主义，是以发现人、肯定人的价值而开始它的历史行程的，它与中世纪宗教神学是完全不同的，这早已成为定论。但是，在布洛克看来，这并不意味着宗教神学就与人文主义是格格不入的，尤其是作为一个个独立存在的个体，许多信奉基督教义的宗教思想家，他们同样以自己的方式，融进了人文主义传统的长河之中。在谈到圣经人文主义时，他说："圣经人文主义吸引了法国、德国、英国和低地国家的一部分最优秀和最虔诚的思想家，因此鲜明地昭示了，像他们这样的人都没有感到非教条的、虔诚的基督教教义与人文主义对新学的热情之间存在着什么障碍。克里斯泰勒教授说得好，文艺复兴时期的思想虽然比中世纪更加以人为中心，更加世俗化，但它的宗教性不一定不如后者。"（40页）

正因为对自由与宽容精神的推崇，人文主义从它开始历史行程的那天起，就对可能出现的对个人自由的压制和强求一直抱有本能的警觉。在这一点上，布洛克丝毫不逊于传统中的任何一个人。"危险在于偏狭不容和多数强求一致的倾向，在于为求一致而使用国家的权力。"（163页）在论述19世纪英国思想家穆勒时，布洛克所发挥的这句话，颇能反映他的这一态度。

关于穆勒，布洛克用了不少篇幅。在社会与个人之间，在政治与道德之间，穆勒偏向于尊重个人的选择，而对任何专制制度对自由的压制与扼杀，表现出极大的不满并予以抨击。在那篇著名论文《论自由》中穆勒这样说："从长期来说，一个国家的价值就是组成这个国家的个人的价值；一个国家如果为了要使它的人民成为它手中更加驯服的工具，哪怕是为了有益的目的，而……使人民渺小，就会发现靠渺小的人民是不能完成伟大的事业的；它为了要达到机器的完善而牺牲了一切，到头来一无所获，因为它缺少活力，那是它为了机器可以更加顺利地工作而加以扼杀的。"（163页）对这里所体现的人文主义精神，布洛克格外青睐。他称穆勒《论自由》的这段结束语为"伟大的结束语"，其欣赏与赞誉可见一斑。

4

几年前，在一篇关于红卫兵现象的随笔中，我写过这样一大段文字：

今天，现实每日都在迅疾变化，变得越来越陌生，越来越不可思议，这是与过去几乎完全不同的生活。长期以来曾经被视为邪恶的市场经济，开始更多地主宰我们的生活，人的生存方式、交往方式，就这样情愿或不情愿地开始发生本质性变化。长期以来人们习惯的思维方式、道德观念等等，在商品交换，在流行文化，在无情的经济关系面前，失去昔日的影响力。人与人的关系，越来越多地体现在利益原则上，而非过去政治的杠杆支撑。年轻人，少男少女们，更是以难以预料的速度变化着生活方式。他们没有了他们的前辈当年那种对理想、对信仰的热情拥抱，没有了对领袖的崇拜，没有了对政治的倾心投入，他们在流行歌曲中、在迪斯科中寻找快乐，在崇拜歌星、球星的过程中得到满足。在对金钱和自我满足的追求中，物欲横流，仿佛成为时尚，成为不可抵御的趋势。对于新的一代，过多的政治亢奋与激昂，变为一种奢侈，道德的约束，也显得没有必要。

写这段话，主要有感于人们发出的"世风日下"的感叹，以及对年轻人表现出来的多样性的指责。对于那种试图用红卫兵时代的所谓理想主义来改变现实中的年轻人的说法，我不能赞同，更无法接受。我觉得应该冷静和宽容地看待正在发生变化的一切，尤其对年轻一代的言谈举止，没有必要加以指责和苛求。历史在发展着，生活是流动的，同样，每一代人的观念也都会相应产生差异。需要向年轻人的心灵里浇灌雨水，增加养料，但最终的选择，只能由年轻人自己做出。

我写出的是自己的困惑。这样的困惑，当然不是转瞬间就可以消散殆尽的。因而，布洛克在《西方人文主义传统》这本书中所表现出来的从容不迫，他所强调的自由与宽容，在阅读过程中不时触发我的思绪。他在全书最后部分谈到当代社会与人文主义关系时所做的一些分析，尤其引起我的共鸣。我觉得，他似乎说出了我曾经表述过却又表述得不太明确的

　　　　　　　　　　　　　　　美丽如斯

想法。

从他的书中可以看出，其实每个社会都面临着"代沟"的困扰。作为人文主义者，面对这些问题，布洛克主张仍然需要坚持人文主义传统，坚持自由与宽容的原则。他以历史发展的眼光，看待生活出现的"代沟"这一现实问题。他说：

> 在一个老年人不断抱怨世风日下、价值沦亡的世界里，年轻人是在尽力为自己找到有所依循的新价值观，他们自己的行为准则，他们自己的良心概念和他们所珍视的品质概念。这些东西都不再是他们的祖父辈所有。但是，我们自己的价值观也从来不是与维多利亚女王时代相同的价值观，而维多利亚女王时代的价值观也从来不是18世纪的价值观。我认为，这是现代世界重新创造价值观的唯一办法。这不再是直接传授，而是鼓励年轻人根据自己的经验和观察，在与长辈的讨论中，不盲从权威，而是在老一辈的同情尤其是榜样（身教不是言教）的感召下，自己去发现或重新发现。（280—281页）

这段话不长，但实际上串联起布洛克所推崇的人文主义的全部精神——强调人的个人性；人根据自身经验来认识人；每个人有思想和道德的选择自由；人需要宽容地看待他人的选择；人总是在不断地发现或重新发现……

于是，当布洛克的视线转到当代社会时，他仍然令人信服地将人文主义传统与现实的关系有机地结合起来。读他的书，顺着他的思路往前走，人们不难看到，人文主义这条长河仍在生活中流淌。

1998 年 3 月 7 日，北京

美丽如斯

谁在看石门坎的星星？

《石门坎文化百年兴衰》书影

沈红的书让我知道了西南乌蒙山区一个小山村——石门坎。一位执着女子，把身心倾注于对这座山村的历史回眸中。惆怅、困惑、沉思、急切，诸般心绪难解，遂有了这本中英文双语的著作《石门坎文化百年兴衰——中国西南一个山村的现代性经历》（万卷出版公司，2006年）。

封面上的照片让人伤感。身着苗族盛装的小女孩，肩背美丽的书包，背对着我们，伫立于一扇陈旧发黑的木窗外发呆。她凝望窗内，昏暗处是教室，有看不见的黑板，看不见的老师和同学，还有，看不见的自己。失望与期望，都在一处凝结。读完全书，再看，她的背影如同一座大山突兀眼前，压得让人难以喘息。

少年时即知乌蒙山，它是随着著名的长征诗句走进视野的。"五岭逶迤腾细浪，乌蒙磅礴走泥丸。"仅此而已。磅礴之外，别无它知。如今，是沈红把乌蒙的一个"泥丸"放大给我们看。大地图上不可能出现的苗族小山村，因她的研究和描述，仿佛忽然间宏大无比，具有了历史的厚重。

认识沈红时她还是一个中学生。二十几年前我去拜望沈从文老人，但见书柜上醒目地摆放着两幅他的肖像速写，笔触简练而准确。"这是我的孙女画的。"老人高兴地说。没有想到，这个扎着小辫子的小姑娘，后来舍绘画与写作才能而不用，大学毕业后进入了社会学领域。这些年来，她一直说她忙碌于西南贫困地区的社会调查。令人感动的是，她和一群志愿者一起，

　　　　　　　　　　　　　　　　　美丽如斯

年复一年热心地为一个麻风病村的孩子们进行募捐助学。读这本书，我似乎读懂了她。

石门坎是贵州威宁县的一个苗族山村。沈红身上有苗族血统，是她选择这里进行社会学、人类学调查的一个原因。历史上，威宁县曾经隶属过川、滇、黔三省的管辖，至今，这里仍然交通不便，十分贫困。然而，就是这样一个山村，百年间竟有令作者叹服的文化景象："这个从物质角度观察近乎'炼狱'的地方，在文化视野中别有一番景致，这里曾经是文化'圣地'，一个蛮荒不驯的小村落，异军突起，带领苗族和周边川滇黔十多个县少数民族扫除文盲，勃兴教育，风云叱咤，成为西南苗族最高文化区。"

据历史文献记载，石门坎在百年来的中国文化教育中，曾拥有许多个第一：创制苗文，结束了苗族无母语文字的历史；创办乌蒙山区第一所苗民小学，建威宁县第一所中学；培养出苗族历史上第一位博士；在中国首倡和实践双语教育，开中国近代男女同校先河；倡导民间体育运动；创建乌蒙山区第一个西医医院，建中国第一所苗民医院；乌蒙山区第一个接种牛痘疫苗预防天花的地方；创办中国西部最早的麻风病院……

初次走进石门坎时，沈红和助手是以调查者的身份出现，但"老师"的称呼更让她们贴近当地人。她说，当她和同事们开始帮助一些威宁县乡村贫困孩子读书时，因为这个偶然，调查者便获得了一个与乡村教育有关联的身份和角色。"回想起来，这个身份比所谓学者或者城市其他职业更加清晰，更加亲近，更加容易让村民接受，我后来进入社区开展调查也从中受益匪浅。"她就这样走进了石门坎，走进一个苗族山村的历史。于是，带有社会学性质但又具有一些历史漫笔特点的专著《石门坎文化百年兴衰》，便成了她的行程的记录——调查历程与心灵历程的双重写照。在她的笔下，一个个为文化与教育筚路蓝缕的前驱与承继者，闪动出人格魅力和精神光辉，令人感慨万分。

从创办第一所苗民小学、后来为救护伤寒的村民献出生命的英国柏格理牧师，到"文革"中在黯淡茅屋里带领村民和孩子们温习文化的杨国祥老人，百年文化与教育就是在这样一些人的故事中兴衰起伏，薪尽火传。一位年迈体弱的小学教师朱正华，二十多年来一直与一排瓦房相厮守。瓦房被石门坎人称为"长房子"，是目前尚存的老建筑之一，它是石门坎教育兴起与昌盛期的见证。但它已不止一次面临被拆除的危险。曾被石门坎引为骄傲的那座气派的大教室已被拆除，如今，为保护这排瓦房，朱老师自己修修补补，也不愿搬走。他说："这是老一辈给我们创造下来的，尽管是那么简单的房屋，我们应该维护。"另一位老人感叹："推翻旧危房改成今天的教学楼，是没有历史观念。当时为什么不多征求一些人的意见？有这笔建筑费，可以把旧危房修复成古迹。"

故事有些凄凉，却显出文化情怀的悲壮。

　　　　　　　　　　　　　　　美丽如斯

在助学的过程中，沈红和同事们亲眼看到一个个山里孩子，因贫困交不出一年二百元的学费而不得不辍学。她感慨而又颇为焦虑地这样说："应该说，大多数乡村学子都没有能够走进中专、高中，或者他们心中向往的学校。在几年之前我们的助学金还只是一些零星的社会资源，是以一种非制度化的方式进入社区的，但是朱明兴们所遭遇的收费门槛却是制度化的，所遭遇的辍学风险是市场化的。如果一个山村孩子拥有足够的勤奋和智力，仅仅因为贫穷就丧失了读书的机会，那么说明乡村教育的制度安排本身出了问题。"这话分量很重，在百年兴衰的历史里发出不绝的回声。

一位老人回到故乡，说起儿时就读过的大教室："在天边都看得见石门坎的上空几颗亮亮的星星，谁不跑来！"

沈红写出全书的最后一句："遥望天穹，不见石门，但见石门百年风云。"

2006 年 8 月 7 日，北京

淘书之乐，君知否？

我爱旅行，也爱淘书，两者常常连为一体。这些年来，天南海北我到处旅行，每到一地，找到一两个旧书店或旧书摊，运气好，再偶有所获，旅行便顿时美妙无比。

在我来说，淘书是一种乐趣，一种需要。我不藏书，更不奢望成为一个藏书家，只是根据自己研究专题的需要，或者仅仅出于好奇、出于对史料的热衷而淘书。个人档案，历次政治运动的表格，不热门的人的不热门的书，等等，许多很难受藏书家青睐的东西，常常在我选择之列。好在多一件是好事，少一件也不要紧，这样也就少了一份急切，或者非找到不可的那种痴迷。

随意淘书是很好的状态。旅行时我喜欢随意地漫步，淘书也如此。目的性与功利性不那么明确，淘书也就和旅行一样变得轻松自由，一切均随意而行。即便空手而返，也无所谓。穿行大街小巷寻找的过程，本身不也值得回味吗？

郑州有一处类似北京潘家园的地方，星期六和星期天摆满旧书摊。前些年，每次到郑州主持越秀学术讲座之际，我都会去逛一逛。在郑州，最让我满足的则是淘到一本"文革"期间造反派印行的《送瘟神——全国一百一十一个文艺黑线人物示众》。这本书有一大特点，配有大量人物肖像漫画，虽以丑化为目的，但有些人物的漫画却画得颇为传神。我首先是冲着这些漫画才买下这本书的。这本书后来可派了大用场，一些人物的漫画像，如巴金、周扬、夏衍、田汉、赵丹等，成了我所出版的一些书中的插图，以此来展示他们在"文革"中是如何被丑化的。历史也就这样以特殊方式留存。

瑞典是我多次旅行的国家，斯德哥尔摩的好几家旧书店，每次我都会在里面待上几个小时。虽不识瑞典文，但翻阅老照片也是开心的事。

1992 年在斯德哥尔摩旧书店

1992 年斯德哥尔摩旧书店老板

康同璧手抄康有为《瑞典纪行》之一

在瑞典，我对戊戌变法失败后康有为流亡欧洲的行程颇感兴趣。在友人引导下，我寻访当年康有为下榻过的饭店，浏览他买下来并在此旅居数年的小岛。汉学家马悦然先生五十年代出任瑞典驻华使馆文化参赞时，与康有为的女儿康同璧有交往，康同璧曾手书一份康有为的《瑞典纪行》送给马悦然。马悦然复印一份寄给我，希望我能就此写写一百年前的康有为的瑞典之行。我也曾有过这样的计划，按照康有为文中所写路线寻访，然后用图文并茂的形式写一本历史游记。遗憾的是忙于他事，此计划一直没有落实。或许退休后，可以予以完成。

计划虽未实现，但 1992 年在斯德哥尔摩的一家旧书店，我淘到一本 1975 年出版的画册，收录 1860 至 1909 年之间斯德哥尔摩的老照片和老漫画，恰恰是在康有为流亡瑞典期间的历史陈迹。买下来，老建筑，街景，风俗等，与康有为的游记对照着阅读，别有一种情趣。

逛旧书店旧书摊，缘分是很重要的。不像在久居的城市，可以有多次选择，旅行却只能是一晃而过，错过了时日，也就很难再次遇到了。1996 年，《胡风集团冤案始末》由岩波书店出版日译本，坂井洋史兄邀请我们夫妇前去一桥大学访问一个月，遂有 1997 年我的第一次日本之行。未到日本，早已听朋友多次津津乐道神田书店街。的确，走在这样一条街上，才看到书店林立的大场面。走出一家，走进又一家，不同布局，不同专题。走在这样一条书店街上，即便不买书，也值得尽兴闲逛。

STADEN SJUNGER

En stockholmskavalkad i ord, bild och ton
av Paridon von Horn och Fritz Gustaf Sundelöf

1860–1909

Prisma

瑞典老照片集

1996 年在日本东京旧书店

　　的确是满足了一种逛书店的快乐。不过，尽管我去逛了两个半天，还是一无所获。太重，太贵。想买的书，拿在手上又放下，放下又拿起来，还是空手而归。结果只成了一个游客，不过乐在其中。

　　真正的意外所得，是在原宿的地摊上。

　　离开东京的前两天，我住到原宿一家饭店。原宿被认为是青年人最爱光顾的地区，据说在服装、发式等流行时尚方面，一直领导着日本的潮流，甚至好莱坞也受其影响。不过，我生性不爱逛百货店、服装店，住在繁华的大街附近，却只是在橱窗旁扫上几眼，独自一人更是没有走进去的兴致。

　　我就这样漫无目的地顺着原宿大街散步。大街在山坡上缓缓起伏，我从下面往上走去。我离开人群熙攘的大街，往右一拐，走到与原宿相邻的一条较为安静的大街上。这里叫青山。走着走着，我突然发现在一幢大厦前，汇集着一片地摊，便兴致勃勃地走去。大厦叫 Renault。地摊旁边高耸着一块巨大的麦当劳广告招牌。旧地摊无所不有，卖旧家具的、旧百货的、工艺品的、旧书旧画报的，等等。

在淘到几本日本侵华战争期间东京出版的有关上海战役的书之后，我被专卖老照片的一个摊位吸引了。摊主是位白人，问他，原来来自美国。他的摊位上，摆满各式各样的老照片。这些老照片根据不同主题放在一个个影集里面，供顾客挑选，选中哪张，便从影集里取出。我注意到，这些老照片尤以二次大战期间欧洲战场的居多。有德国军队和纳粹分子的生活照，有苏联红军、盟军的战场留影。我饶有兴致地一本本慢慢翻阅，忽然，我发现了一本二次大战中日本军队的影集，便放下其他，仔细来看。我告诉摊主我来自中国，他似是非常明白我的意思，便马上又拿出好几本影集，告诉我这些可能都是我感兴趣的。

这些影集中的照片，大多是在太平洋战场拍摄的。但在一本影集中，我看到了应该是在中国拍摄的一组照片。照片的拍摄者可能是一位随军摄影师或者记者。与别的照片不同，这组照片是一个系列，一共四张，看得出来是在同一次战斗中先后拍摄的，颇能反映出战斗的过程。我判断这些照片是在中国北方战场拍摄的，是根据照片上的房子、丛林和一位被打死的农民。我还根据自己的分析，将这四张照片按事件发展的过程做了顺序排列。这几张老照片，永远留下了侵华日军罪恶记录。这样的史料，应该收集。于是，我毫不犹豫地掏腰包买下它们。

归国途经香港，遇到香港中文大学的学者、作家小思。她看到我买来的老照片，听我讲原宿地摊的情形，颇为惊奇而羡慕。她专门研究香港文学史，对收集史料情有独钟。她早就听说过东京原宿有这样一个旧货市场，但只是每逢星期天才有。她到过东京多次，可是一直未能抽出时间前去。"你真是有缘！"她对我说。

我相信缘分。正是在这次香港之行时，我初次见到董桥先生。那天饭后，他带我们夫妇走到位于中环一带的一家旧书店。书店不大，在斜坡之上，名字我也记不起来了，但那天淘到的一本书，却成了我的第一次香港之行的最好纪念。

1997 年与董桥先生逛旧书店

1949 年香港出版的《作家印象记》

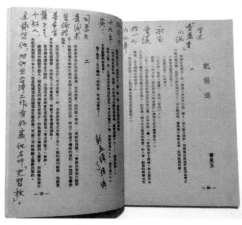

黄永玉在自己的文章上面题跋

书不算珍贵，是 1949 年 11 月由司马文森主编、智源书局出版的"文艺生活选集"中的一本《作家印象记》。书不厚，只有九十八页。这是一本多人合集，分别是关于郁达夫、朱自清、田汉、夏衍等人的特写。我选中它，主要是在里面发现有画家黄永玉的《记杨逵》，这是他当时从台湾逃到香港后写的一篇特写。读过不少黄先生的散文，很欣赏他讲述故事的才能和勾画人物性格特点的奇妙处，但这些文章大都写于八十年代之后，他的早期文章我还从来没有见到过。淘到这本《作家印象记》实在是一大收获。

后来将这本书拿去给黄先生看，他差不多忘记了自己当年还写过这篇旧作，当即在书上写道："永玉重读于一九九七年，距今四十九年矣！"文章他看得很认真，还不时写几句眉批和注释。文中当年不便公开的人名用 ××× 代替，现在他补写出来；关于杨逵，他注明"写过《香蕉香》小说"。他在文章中以讽刺的笔调写到一个在台湾某报编辑副刊的留有"普希金胡子"的人物，他这样说明："司马文森后来告诉我，普希金胡子是个好人，这样写他，对他在台湾工作有好处，他名叫史习枚。"

淘书者自得其乐地在路上走着。地点与场景不断变换，主题也不断变化，永远不变的却是情趣，是缘分。

十几年前，我因为研究外国记者与中国的关系，开始写作美国《时代》封面上的中国人物。四处旅行时，在旧书店里寻找相关图书成了新的爱好。2001 年到美国，年近八旬的董鼎山

1968 年关于中国的摄影集

儿童绘本

先生带我去逛他家附近的一家纽约最大的旧书店，着实买到好几本重要的书。一年在法国尼斯，居然在一家旧书店意外发现时代公司麾下的《生活》画刊于 1968 年精选出版的关于中国的摄影集，当即买下。

2015 年在伦敦旧书店

这几年，购买儿童绘本又成了我的另一个爱好。除了在旧书网上寻找相关图书之外，两次去伦敦，我逛了一家又一家旧书店，发现心仪的书，虽然并不便宜，却按捺不下心动，毫不犹豫买下。

淘书，就是让自己高兴，快乐！

淘书之乐，君知否？

完稿于 2016 年 8 月 2 日，北京闷热时节

《万历十五年》如何走进中国？

《万历十五年》初版本书影

美丽如斯

黄苗子致信傅璇琮

近三十年来中国的出版物中,《万历十五年》无疑占据着一个显赫位置。虽是一部史学著作,影响力却早已超出史学界。大历史视野、叙述风格、篇章结构……黄仁宇先生呈现出的另类史学写作方式,受到不少写作者和读者青睐与追捧。撇开其学术价值暂且不论,权且将之称为一部写作经典,恐怕也不为过。

读《万历十五年》自序,知当年这一中文版引进国内,与黄苗子先生的热情促成有关。黄仁宇这样写道:

> 本书的英文版书名为"1587, A Year of No Significance",作者的署名为 Ray Huang, 1981 年美国耶鲁大学出版。初稿是用英文写的,写成后,出于向国内读者求教之忱,乃由笔者本人译为中文,并作某些修改润色,委托黄苗子兄和中华书局联系。乘中华书局慨允,此书的中文版遂得以和读者见面。

中华书局的傅璇琮先生,是《万历十五年》的责任编辑,他在《那年,那人,那书——〈万历十五年〉出版纪事》一文中回忆说,这部书稿,最初是由黄苗子与他联系的。黄苗子于 1979 年 5 月 23 日致信傅璇琮如下:

璇琮同志：

美国耶鲁大学中国历史教授黄仁宇先生（有误，非耶鲁大学——引注），托我把他的著作《万历十五年》转交中华书局，希望在国内出版。第一次寄书稿来时，金尧如同志知道。表示只要可用，就尽快给他出版。这样做将对国外知识分子有好的影响，并说陈翰伯同志也同意他的主张。但书稿分三次寄来，稿到齐时，尧如同志已离开了。

现将全稿送上，请你局研究一下，如果很快就将结果通知我更好，因为他还想请廖沫沙同志写一序文（廖是他的好友）。这些都要我给他去办。

匆匆即致

敬礼！

苗子

五月廿三日

傅先生还回忆说："……原稿在遣词造句上确有不少难懂之处，因此在征得黄苗子先生同意后，由我请大学时同窗好友沈玉成先生（时在中国社会科学院文学所），对全书作一次全面的文字加工。"

应该说黄仁宇是幸运的。1979 年之际，中国欲翻译、引进一本国外著作，有诸多不便。《万历十五年》，从提交选题、论证再到正式出版，历时约三年，就当时情形而言，这一出版周期虽不算快，却也算正常。

"生正逢时"黄仁宇

参照阅读黄仁宇回忆录《黄河青山》（张逸安译，生活·读书·新知三联书店，2001年6月），可进一步得知，《万历十五年》由中华书局顺利出版，对当时身处窘状的黄仁宇，恰是来自故国的最好慰藉。

1979年夏天，黄仁宇正在普林斯顿参加《剑桥中国史》的撰写，由他负责明朝部分。就在此时，他却意外接到校方的解聘通知：

> 但有一件事令人尴尬：我被解聘了。我们的成员来自长春藤（又译常春藤——引注）名校、剑桥、伦敦……人人都受聘于某研究单位，只有我例外。我不是届龄退休，也不是提前领到养老金而退休，而是被纽约州纽普兹州立大学所解聘。一封1979年4月10日由校长考夫曼博士署名给我的信如下："你的教职将于1980年8月31日终止。你的教职之所以终止，是由于人事缩编所致。"（《黄河青山》，67页）

这一年，黄仁宇年已六十一岁，在美国汉学界虽非赫赫有

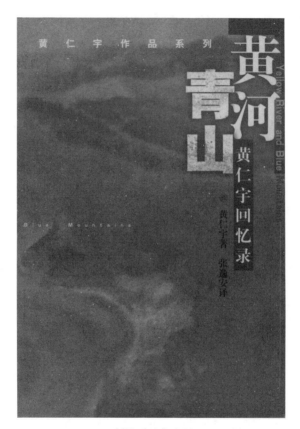

黄仁宇作品系列

黄河
青山

黄河

黄仁宇回忆录

Yellow River and Blue Mountains

Blue Mountains

［美］黄仁宇著　张逸安译

《黄河青山》书影

名人物，但能够参与《剑桥中国史》的撰写，可见还是具有一定的学术地位与影响。"我被解聘了。这是侮辱，也是羞耻。这个事实会永远削弱我的尊严……"（同上，82页）他在《黄河青山》中，屡屡发出类似的愤懑不平，自然也在情理之中。

同一年，黄仁宇遇到另一个打击——无缘作为明史专家访问中国。他写道：

> 然而，在1979年，我却置身于非常狼狈的处境。……我却在这个关键时期被一个小学校解聘。我申请参加美籍明清专家访问中国大陆代表团，该活动是由"对中华人民共和国学术交流委员会"所赞助，但我却被拒绝，这显然无法建立我的可信度和影响力。（同上，100页）

不仅如此，完稿于1978年的英文版《万历十五年》，在美国寻找出版社也不顺畅。出于这一原因，黄仁宇才决定将之翻译成中文，希望能在中国寻找出版中文版的机会。

随后的进展证明，黄仁宇的这一决定，颇为明智。此时，刚从"文革"劫乱中走过来的中国文化界，百废待兴，对来自远方的、新的、见解独特的著作，有着急切的期盼。从文化人到出版社，无不试图以各种努力，推开一扇又一扇窗户，让一个封闭已久的中国，能够面对整个世界。就此而言，中文版《万历十五年》书稿来到北京，正可谓在一个恰当的时候，出现在一个恰当的地方。吴祖光先生晚年常爱以"生正逢时"题赠友人，这里不妨套用之——黄仁宇与他的《万历十五年》，生正逢时。

郁兴民与女婿卡尔

黄仁宇想到请黄苗子帮忙推荐，是因为他与黄苗子夫人郁风的弟弟熟悉的缘故。黄仁宇在《黄河青山》中，在两处不同地方，详细叙述了其间细节，为当年出版界留存了一份难得记忆。两段叙述分别如下：

> 寻找英文版《万历十五年》出版商时备受挫折，我于是将全书译成中文，只有书目和注解尚未完成。1978年夏，在邓小平访问美国前几个月，我的朋友余哈维（音译）前往中国。我们之所以认识，有一段渊源。四十年前的1937年，我们同在长沙临大，事实上还住在同一栋宿舍，只是彼此并不相识。之后他就到美国，在第二次大战期间，他加入美国海军，后来娶了美国人。1946年，我们都在沈阳的国民党东北总部，彼此还是不认识。我们搬到纽普兹后，才在朋友家相识，从此两家相往来。哈维现于国际商业机器公司（IBM）任职，看过《万历十五年》的中文版，在他担任会长的华人赫逊河中部联谊会中，举办一场历史研讨会，

讨论这本书。他于1978年前往中国，我则到英国，临行前我请他设法帮我在中国找出版商。……他秋天回到普吉西，我也回到纽普兹后，他来电热心告诉我前景"看好"。他的妹夫黄苗子是作家及艺术家，愿意将书稿引介给北京的出版社，这则消息在当时会比五年后更令人兴奋。1978年，中国尚未完全从"文化大革命"中复元。黄被拘禁多年之后，才刚从政治犯的劳改营中释放出来。虽然很高兴"二度解放"（第一次是从国民党手中），但还不知道风向会如何吹。而且，当时的中国和现在一样，并没有民间的出版商。(同上，74页)

1978年10月，在哈维的催促下，我用空运寄给黄一份书稿的影印本。但是，信虽然到了，这本超过五磅重的书稿，却不曾抵达终点。1月初，黄写信给我，建议我再给他一份，但这回由哈维的女婿亲自携带进大陆。这个年轻人卡尔·华特（Carl Walter）刚获得签证，可以到北京研究中国银行，这是他在史丹福的博士论文题目。我们还没见过对方，但在岳父母的要求下，卡尔慷慨承担起信差的角色，并没有仔细检查放在他行李中这一叠厚厚书稿的内容，是否被当时的北京视为反动材料都还不可知。在北京，第二次的书稿亲自交给黄本人。两个月后，哈维来电告知，北京出版历史书籍的最大出版社中华书局，原则上同意出这本书。他无法理解，为何我接电话时一点也不热衷。原来，他打电话这一天，就是 1979 年 3 月 27 日，也就是考夫曼博士办公室来电的当天，邀请我次日和校长谈"大学最近删减预算对教职员的影响"。由传话的措辞和秘书的口气，再加上当时纷纷谣传纽普兹将裁掉十五到二十位教师，我毫无疑问将被解聘。那时任何消息都不可能使我高兴。这时电话铃响，就是哈维带来的好消息。（同上，76 页）

上述回忆，有几处需要加以订正与说明。

文中所提"余哈维"，应译为"郁哈维"，即郁风之弟郁兴民，黄苗子应翻译为姐夫而非妹夫。从黄仁宇回忆可以看出，郁兴民和女婿卡尔，传递隔洋消息，携带书稿入关，可谓诸多因素，机缘巧合，方使当年相当棘手之事，迎刃而解。他们在《万历十五年》出版过程中，起到极为重要的、他人无法替代的作用。

郁兴民抗战前就读于清华大学，抗战爆发后，清华大学与南开大学等在长沙联合成立长沙临时大学，即黄仁宇所写"临大"。离开临大后，郁兴民留学美国，二战期间参加美国海军陆战队。二战结束后，马歇尔前来中国调停国共内战，郁兴民随美方军事调解小组前往沈阳。黄仁宇时任国民党"东北剿总"副总司令郑洞国的副官，不过，二人虽同在沈阳，但并不如黄仁宇回忆录所写都在"国民党东北总部"。

黄仁宇回忆说，他在 1979 年 3 月 27 日接到郁兴民电话，被告知《万历十五年》获中华书局同意出版的好消息。据苗子致傅璇琮信中所述，可知郁兴民通报的消息，应是金尧如的最初答复，因金已离开，遂转由傅璇琮接手负责。

特殊角色廖沫沙

围绕《万历十五年》中文版的出版，还有一位被黄仁宇数次提到的人是廖沫沙。

早在抗战期间，黄仁宇在田汉主编的《抗战日报》任编辑时曾与廖共事，二人是多年未见的老朋友。1979年，廖沫沙刚刚平反，再度被启用，于是，在为《万历十五年》寻找出版机会的过程中，廖沫沙扮演了一个特殊角色。黄仁宇写道：

> 碰巧哈维也从普吉西来信。信的开头就很乐观："从中国来的好消息！"他的妹夫黄苗子已拜访我的朋友廖沫沙，他在北京的朝阳医院养病。黄苗子请廖沫沙写中文版的序，他认为希望很大。沫沙是我四十一年前的好友兼室友，那时我们都在为《抗战日报》工作，我已有三十七年没有看到他了。他当然是三大异议分子之一，讽刺文章引来极"左"分子的批评，批评……最后他终于回来，随时可能正式获得平反，如果可以借重他的名字，这本书要出版应该不会太难。到目前为止，我已经毫无王牌，但也没

有理由继续灰心。（同上，102 页）

从黄仁宇的叙述看，他与黄苗子想到请廖沫沙写序，应是考虑到廖沫沙此时在文化界的重要地位，可借其影响力来促成《万历十五年》的顺利出版。后来，廖沫沙虽因病未能写序，但他还是为《万历十五年》题签，黄、廖多年前的历史渊源，在晚年有了一个圆满的衔接。

黄苗子题跋初版本

《万历十五年》迄今已有多个版本，包括插图本，但我最喜欢的还是1982 年 5 月的初版本。

初版本封面设计颇为讲究。书名由廖沫沙题签，繁体行书，竖排于中央。封面衬底为全幅淡绿色图案，并延伸至三分之一封底。该图案应是选自明代织锦。我藏有一册由沈从文作序的《明锦》（人民美术出版社，李杏南编，1955 年版），沈先生在序中这样说：“本集材料的来源，全部出于明代刊印的《大藏经》封面。经文刊刻于明初正统永乐时期，到万历时期全部完成。”《万历十五年》封面所选图案，与《明锦》中所收“绿地龟背龙纹加金锦”、“红地菱格加金锦”等样式相近。当年，选明锦图案作为《万历十五年》的封面，的确相得益彰，由此也可显中华书局之巧思。

沈从文作序的《明锦》

这本书的初稿是由我爱人的弟、郁兴民人

美国写信给我。由我介绍给中译去完成

他们出版的经过。他们研究理出了不别之当

促出版了黄教授的中国雪和我见西后

来他的几本著作在国内外发行一时，

戌和研究中国史的要以籍、毕非见门此，

因记其经过 二〇一二年 苗子九十八岁

黄苗子题跋

2011 年,《万历十五年》出版几近三十年。时光荏苒,除黄苗子先生依然健在外,与这本史学经典出版关系密切的几位关键人士均已仙逝。不久前,我前去朝阳医院探望黄先生时,特地找出初版本《万历十五年》带上,请他题跋。

九十八岁的老人,落笔依然清隽而有力,扼要叙述多年之前往事如下:

这本书的初稿,是由我爱人的弟弟郁兴民从美国写信给我,由我介绍给中华书局请他们出版的。经过他们研究,理顺了个别文字,便出版了。黄教授到中国,曾和我见面。后来,他的几本著作在国内外风行一时,成为研究中国史的要籍。李辉兄得此,因记其经过。二〇一一年,苗子九十八岁

因这一题跋,我收藏已久的这一册《万历十五年》,多了一段出版记忆的温馨。

武大校园的记忆喧哗

——读《老八舍往事》漫记

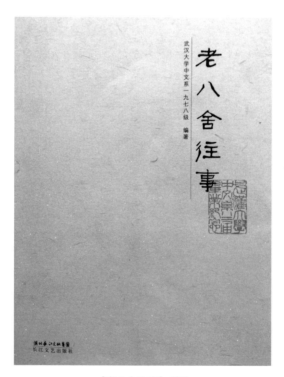

《老八舍往事》书影

美丽如斯

一 让记忆喧哗起来

一本妙书。

一天，网名"老道"的同学，在武汉大学中文系七八级的网页上，贴出自己三十年前入校第一天的日记。旋即，那些在珞珈山上"老八舍"生活过的同学的记忆，都如被电击，一下子激活了。一个个帖子随时跟进，不同人的日记穿插呼应，大至恢复高考的社会变革、真理标准讨论开始后的思想碰撞，小至排骨汤之类的武汉美食、同学之间的趣事，辨析或填充某一细节，追忆与阐发某一话题，思绪自由闪动，情绪五颜六色。参与者高歌低吟，时空转换，一个群体的记忆喧哗，酿成了《老八舍往事》之妙。

妙就妙在，群体性的记忆，如今借互联网的便捷和魅力可以做到齐声喧哗。当年的日记，为记忆提供了清晰的历史脉络和具体场景；今日的网络，则使记忆不限于单纯的往事叙述，而是多了当下追忆之时的现实环境与心境的映衬，多了对当年诸多事件的解读。这些解读，在很大程度上，已超越记忆本身。走过三十年的风风雨雨之后，"老八舍"这个群体，实际上是在以一代人的特殊经历和知识结构，对历史进行重构。于是，一本追忆之书，在与往事的时空呼应中，既是历史之书，也是现实之书。

我与"老八舍"群体，有着大致相同的经历。下过乡；参加了"文革"后恢复的第一次高考；作为七七级考生早于他们半年进入复旦大学中文系。虽不是同一座大学，但当年高校的氛围十分接近；虽不在一个城市，但湖北是我的家乡，珞珈山上的武大校园也不陌生，每次走进走出的记忆，从来没有淡忘。经历过相同的场景，接触过一样熟悉的前辈，有过同样的激动、困惑与感伤……

在别人的往事里，我读着自己的记忆。

二　那个年代的不幸或幸

我第一次走进珞珈山，应是在 1975 年。一位中学同学，从知青点作为工农兵学员被选送到武大数学系念书，我去看他，走进了珞珈山。我从小在乡下和县城的小圈子里生活。家乡在随县（今易名随州），医院的一幢三层楼房，算得上县城的高大建筑，孤零零地矗立在南关街道。淡绿的琉璃瓦屋顶，尤为醒目。走进珞珈山，一下子看到这么多琉璃瓦屋顶的高大建筑依山起伏，景象壮观。当年的印象里，武汉让我惊叹的，除了长江大桥，只有珞珈山武大校园。后来读沈从文自传，二十二岁的这位"乡下人"从湘西来到北京，走出火车站，前门城楼矗立在他面前。他惊呆了："城墙好高！北京好大！"我第一次走进武大校园时，就有类似感觉。在此之前，从没有走进过比这更大的院子，哪里想到过大学校园竟有如此宽阔的天地！如此美丽的景色！（前不久，有报道称，美国某机构评选世界最美丽的十座大学校园，中国只有清华大学名列其中。我想评选者肯定没有到过珞珈山，不然，怎么会有如此大的遗漏呢？）

当年，我很羡慕同学能在这样的美景之中念书。然而，只有羡慕，不敢有奢望。因为根据当时的政策，家庭出身不好的子女，几乎不可能被选送进大学，而不幸者如我，就在此列。

所谓家庭出身不好的子女，在"文革"中统称为"可以教育好的子女"。翻开《老八舍往事》，读到他们对各自身份的辨析与议论，颇有感触。

"老八舍"同学入学报到的时间是 1978 年 10 月 5 日，第二则日记的时间是 10 月 9 日。在这一天的日记后面，众多帖子围绕班上同学的身份状况展开回忆和议论，最集中的话题有二：下乡知青与回乡知青的区分；"可以教育好的子女"的历史形成。两个话题，对于我们这些参加高考的人来说，都极为重要。在以往阅读的书中，谈论前者的较多，而后者则少有涉及。

率先提到这个"可以教育好的子女"这一话题的是"宋姐"：

【宋姐回复】新时期恢复高考，采取的是面向全国、分数面前人人平等的"海选"，政策的变更导致了教育上的"重新洗牌"，回乡知青和"可以教育好的子女"（简称"可教子女"）都得到了"公平竞争"的难得机遇。老八舍

武大校园的记忆喧哗

的回乡知青和"可教子女"应该为数不少，都受到了时代的惠赐啊。

随即有多条帖子跟随议论。

【Lzj 回复】宋姐提到"可教子女"问题，是值得大书一笔的。1978 年以后，从家庭出身中解放出来的人，舍中大概不少，这又是一个昭示历史变迁轨迹的重要现象。

【徐博回复】李教授说得非常深刻。"可教子女"一词是从骨子里显示出那个时代的门第歧视或者说种姓歧视的残酷性。

谈到"文革"后的时代转变，人们谈论很多、史学界也颇为重视的，莫过于 1978 年真理标准讨论和 1979 年左右的平反冤假错案，这倒不错。但是，如果仅仅将恢复高考限定为教育走向正轨的标志来考量，则太看轻恢复高考的历史分量了。《老八舍往事》中的议论，其实涉及了历史变革的根本处。不错，恢复高考是教育的一种理性回归，是告别一个混乱年代的标志性事件，但最具时代震撼意义的、最根本性的变化，应该是社会终于回归了"公平竞争"的底线。对于那个时代有幸可以参加高考的许多"可教子女"来说，当时或许并不清楚卢梭所说的人人生而平等、天赋人权的思想，但能够与曾经蔑视过自己、排斥过自己的同学并肩走进考场，已经感受到巨大的宽慰，更何况有幸被录取，走进向往已久的大学校园。在"可教子女"得到机会参加高考之后，"右派分子"开始平反，1979年1月，中共中央再颁布文件，为440多万地主、富农摘掉帽子，其子女也享有与其他同辈人一样的平等身份和权利。

一个国家，不再有以阶层划分而生的整体歧视，才能有凝聚力，才能有活力。三十年过去，今天的人们，或许不再记得，或者根本不知道，在那一时刻，这些举措给社会带来多么大震动，有多少家庭和个人的命运，从此完全改变。改革之初，虽然各种矛盾仍不免此起彼伏，但全民族的精神状态总是显得亢奋昂扬，这正是与当时完全打破了"徐博"所说的"门第歧视"，千万人的积极性被前所未有地调动起来，有着密切关系。

看似信笔而写的几个帖子，却撩开了历史的一角，让我们再次看到了已经被淡忘、被忽略的历史关键点。这也是一种必然。历史情结、历史兴趣、历史思索，早已流淌在"老八舍"这个群体的血液中。既然是一段重要历史的"产儿"，他们的书注定要贯穿厚重敏锐的历史感。

一本书的历史之妙，即在于此。

三　放牛教授，仰望星辰

翻阅《老八舍往事》，我的眼睛忽然一亮，一个熟悉的名字——毕奂午——出现在第 205 页。

是页为 1982 年 1 月 5 日的日记："上午，全校各系公布了 77 级毕业分配的总体方案。今天还宣布了 78 级毕业论文的指导老师名单。"日记后面的一个帖子写得很长：

> 【宋姐回复】我的论文题是《萧乾特写报告研究》，指导老师是毕奂午先生。毕奂午先生可能不少同学不认识。他是三十年代的老作家，解放初参加过全国第一次文代会……1953 年就是武大中文系教授、系主任。……他说，他年轻时在中学教书，午睡时在门上写上"午睡"，调皮的同学总改成"牛睡"，没想到晚年真的被打成"牛鬼"并去放牛。

或许我孤陋寡闻，这还是第一次看到武大有人在书中提到毕先生。我颇感亲切。因为，我在上大学之后，正是结识了毕先生，才每年都要去珞珈山几次。如果说我对武大有某种情感联系，那就是因为他。

第一次去看望毕先生是在 1980 年初，介绍我去的是贾植芳先生。当时，每个假期我从上海回随县家中都要途经武汉，那一次，我带着贾先生的信，走进珞珈山二区宿舍的一幢老楼。后来听说，抗战前在武大任教的苏雪林以及凌叔华、袁昌英，住的就是这幢楼。

　　　　　　　　　　　　　　　　美丽如斯

对于研究三十年代文学的人来说,毕奂午虽非赫赫有名,但他的作品集《雨夕》《掘金记》中的一些诗文,当年颇获好评,现代文学选本中也都少不了他的作品。我那时正与陈思和一起在贾先生指导下研究巴金。这样,巴金也就成了我们初次见面时的主要话题。

从那之后,将近二十年里,我们一直保持着通信联系。1982年大学毕业后,我到北京工作,他写信来介绍我去认识萧乾。他还在一封信里具体建议:"你既写文学艺术方面报道多,这样是否可以结合实际工作再多读一点文艺理论方面的书,从技巧研究到流派思潮的作家评传。有时间还可写大一点的文章,如罗曼·罗兰写的《米开朗琪罗》《贝多芬》那样的论著。这是我的一点粗浅的设想,你当然比我想的更切实更有规模一些。"过后,他特地寄来一封写给萧乾的信,让我持信前去拜望。就这样,我认识了萧乾。没有想到,我后来真的开始写传记,而且第一部作品就是《萧乾传》。我虽然没有在珞珈山里念过书,但能够得到曾任武大中文系主任的毕奂午先生的指点与关爱,我仿佛与"老八舍"人就有了同窗之谊。今天,读他们的这本书,我为自己能与他们有这一关联而高兴。

读"宋姐"的关于毕先生命运的叙述,颇有同感。她说的没错,五十年代初毕先生在湖北文化界地位颇为重要,曾担任参加全国文代会湖北代表团的副团长。在出席会议期间,他上洗手间时,一个人觉得他像一个见过面的叛徒,转身就报告上去。随后，毕先生便被打入了另册。从 1955 年到 1957 年再到"文革"，从无证据和结论，但他却不再受到尊重和使用。到了"文革"，他便每天与牛同行，成了真正的牛棚中人。"文革"后他当然被平反了，那个举报被证明纯属子虚乌有。

我未向毕先生求证这一传闻，但听毕先生讲过他"文革"在武大农场里放牛的故事。正是在每日清晨放牛的时候，他靠仰望天空星辰来消磨时间，并兴趣盎然地开始学习天文学方面的知识，后来他还专门研究过《诗经》和《楚辞》中出现的天文现象。

1980 年年底，毕先生创作过一组《初出牛棚告白》新作，在《诗刊》上发表。在《初出牛棚告白》之一中，毕先生将陷入逆境中的知识分子的身世用凄厉而浓重的笔调写出来：

> 我天天赶着牛群，
> 但我不是那个田庄
> 或那个农场的牧人。
>
> 我受着奇怪的惩处，被罚苦役
> 夜夜寄宿的牛棚
> 就是监禁我的牢狱。
>
> 墙壁上的破洞里露着一角蓝天
> 我盼着暗夜快快地走完。

十年前，毕奂午先生逝世于世纪之交。在他去世的两年前，1998年，我又一次走到珞珈山里他的寓所，这是与他的最后一次见面。我很奇怪，二十年了，他居然还住在那套陈旧的、破烂不堪的二区宿舍里。像他这样一位老作家、老教授，为什么一直没有改善住房条件？我没有问他。他已经九十了，我不愿意以这样的话题引起不快。实际上，他也不会。他和赵岚师母对生活是那样无所奢望，是那样甘于清贫，朴素，坚韧。

"宋姐"后面没有人跟帖子，看来当时的中文系学生很少知道毕奂午先生。他的被忽视、被冷落，实在是武大中文系的一大损失。可惜，如今再也无法弥补了。

四　名师何处？母校可好？

最令"老八舍"人为之失落和伤感的，是他们无缘见到中文系几位冤死于"文革"中的大学者、名教授。

1979年5月15日的日记为："上午全校听广播大会，由对越自卫反击战的英雄作报告。但中文系分出一半同学去学校体育馆开追悼会，为两位'文革'中含冤去世的教授平反。"

随后，一个个帖子填补着当时的记忆：

【老道回复】开追悼会的两位教授中，有一位是一级教授刘永济先生，刘先生是教词学的，1966年10月被打成

"反动学术权威""封建遗老"含冤而死；另一位是不是刘绶松先生啊，刘先生是教现代文学的，"文革"中受到迫害，和妻子张继芳女士双双上吊自杀。

【宋姐回复】他们夫妻俩是在十八栋的住处把一张单人木床竖起来，一边一个吊死的，死后留下五个未成年的孩子和一个老人。

【唯心论回复】我当日所记如下：上午停课，参加中文系教授刘永济、席鲁思先生追悼会。二先生在"文革"中被惨无人道地夺去残年，时七十有余……宁不哀哉！席鲁思，古典文学研究专家。1966年，"文化大革命"初期被揪去陪斗，他说"士可杀，不可辱！"坚决进行抵制。是年卒，年70岁。

【黑白子回复】我们进校不久就逢刘博平先生的追悼会……刘先生……是当时中文系的最后一位一级教授、小学家，古汉语与古典文学的老师还会不时引用他的说法。可惜我们无缘亲见其风采。

【老太回复】刘博平先生是国学大师黄侃的大弟子，为武大中文系"五老"之首。

三十年了，历史仍让他们喟叹不已。

好在"老八舍"人还有机会接触一些有学术成就、有文人气质的名师。于是，随着每一门课程被提及，相应地会引发他

美丽如斯

们对老师的议论纷纷，读来让人印象深刻。他们对老师的感念之情，名师们的讲课风采，生动地呈现在追忆中，读来令人神往。有了老师的讲课细节，有了对教师的感怀，这个群体与母校的情感联系才有了坚实的基础。

不同日记和帖子讲述不同授课老师的特点：

【老太回复】读老辈人的回忆，总能看到说"师从某某"的字样，可以肯定的是，这个"某某"基本是一代大家或名师。细想下，这里固然存在有意无意的"自高"意思，还可能直接联系到"名师出高徒"赞语，但也不能说没有一种感恩之心或庆幸之意在，因为能当面聆听大师教诲，实在不是每个人都可以有的机会。我的记忆里，讲现代文学的陆耀东先生，讲美学的刘纲纪先生，讲世界史的吴于廑先生，讲唐诗宋词的胡国瑞先生，都是真正的大家名师，听他们讲课，实在就是一种享受。（第60页）

1982年2月13日 上午，周大璞教授讲训诂学课。老先生七十多岁了，却站着讲了两个小时。（第205页）

1981年2月24日 上午上胡国瑞教授的宋词研究课。胡先生已经七十多岁了，但毫无老态，精神也好，课间都没有休息，一口气讲完。

【格格回复】胡先生的宋词讲得棒极了，好像全校学生都去听他讲课，教室装不下，搬到学生俱乐部。一张课椅放在台口，坐上去，啥都不带，没书、没讲义、没粉笔，好像连茶杯都没有，"河汉，河汉，晓桂秋城漫漫……"讲得抑扬顿挫，好像每一根头发都在颤动。

【WF回复】记得胡先生讲到他喜欢的词时，一脸得意，神采飞扬，令我们这些人听得心驰神往。

【铁拐李回复】先生用地道汉腔讲宋词。他左手摇一把蒲扇，右手击腿而歌……（第156—157页）

上面情景，令人向往。这正是名师的魅力所在。时光流逝，名师的一言一语，一个手势，都让学生难以忘怀，这才是教育应有之义。一个学校，一门学科，没有这样的名师，即便被钱堆起来，也没有吸引力。《老八舍往事》的作者们，深知一个简单的道理：没有名师，哪有名校？只可惜，如今很多官员和学校，已经不在乎这一点了。而"老八舍"人，对母校依然一往情深，在回忆中陶醉，也正是想为现实再找一个刺激，一个参照。

网名"唯心论"的同学，临近毕业时赋词《永遇乐》，其中写道："生生灭灭，天心难问，也就任凭他去。想东篱悠然些个，管它什么归路。……再三千载，不期而遇，一醉神交万古。好兄弟推心对酒，何须言语。"（266页）很巧，我们七七级同学毕业时，在楼道里举行告别宴，墙上贴的一副对联，其情绪、心境也与之相同，而且也含"酒"字。上联：悲欢离合一杯酒；下联：东西南北万里程。横批：好聚好散。

许多年过去，生生灭灭，聚聚散散，很多事情都变了，但《老八舍往事》让我看到，这个群体对那个时代的感怀、对老师的情感没有变，现实忧患意识与历史情结也没有变。他们还拥有不变的酒，还有可以说来说去的记忆。

如此这般，读他们的往事，我醉在一代人的记忆中。

（《老八舍往事》，武汉大学中文系一九七八级编著，

长江文艺出版社，2010 年）

萧萧班马鸣，舞台入梦来

《战马》书影

美丽如斯

继北京、上海之后，火爆中国舞台的话剧《战马》，三月将在广州公演五十天，值得观众期待。海天出版社适时地推出《战马：皆有可能》一书，讲述《战马》的前世今生。

我第一次知道风靡欧洲的话剧《战马》，是在七年之前。

徐馨在爱丁堡留学一年，2009年秋天归来，谈起英国看戏印象，说得最多的是话剧《战马》。

一天，她拿来《战马》节目单，细细道来。第一次世界大战硝烟弥漫，英国乡村的耕耘之马，随入伍士兵成为战马，跨过多佛尔海峡，在欧洲大陆厮杀。战马与主人之间的生死离别，由此展开。说者无比兴奋，听者将信将疑。我无法想象，偌大的木偶战马，怎么可能由人操作，成为舞台的主角？

徐馨看过演出，她说，舞台上，由人操作的木偶战马，真的被赋予鲜活生命。她为这种舞台形式而赞叹不已。

我相信她的判断。

一个人，一生也许只能做一件事，一件自己特别喜欢、特别有兴趣的事。对徐馨而言，舞台恐怕就是她的最爱。

2003年徐馨来到文艺部，我们成为同事，转眼十多年过去，可以说是看着她一步步成长，一次次耕耘收获。她的硕士论文，研究美国华裔女作家谭恩美、汤婷婷，我曾一度建议她不要放弃对海外华人女作家的研究，应该将之延续。不过，自有更吸引她的领域，这就是舞台。从戏曲到话剧，她陶醉其中。最爱的莫过于话剧。在不断看戏、不断采访诸多名角的过程中，她写出一篇又一篇剧评，一篇又一篇与名角的对话，从林兆华到田沁鑫，短短几年，沉溺于话剧，她把更多情感，注入舞台，注入话剧。一个专家型的记者、编辑，呼之欲出。正因为有撰写剧评的经验与专业精神，我当然相信她对《战马》的判断和推崇，不会有错。

看她如醉如痴的样子，可以想见舞台形式不拘一格的《战马》，在英国和世界话剧舞台上如何令人耳目一新。我当时建议她，何不向国内的话剧界推荐该剧，能将之引进中国，多有意思。果然，她马上四处推荐。六年之后，《战马》中国版终于在2015年隆重上演。虽然此次引进并非徐馨之功，可是，我还是佩服她的眼力与热忱，毕竟是她让话剧界的一些朋友，早早知道遥远的英国舞台上有战马在奔跑。

在推荐《战马》之后，徐馨开始一项重要的工作——为林兆华先生整理口述回忆，帮他编写一本厚厚的回忆录。林兆华为话剧而生，为舞台而充满活力。林兆华也是天马行空一般的人物，他将这样一个极为重要的事情，交由徐馨完成，足见其对一个年轻人的厚爱和信任。他深知，舞台在徐馨心中的位置，话剧在徐馨情感里的分量。这本书，后来由作家出版社出版，成为人们了解林兆华与话剧的一生故事的必读之书。

很快，斯皮尔伯格导演的电影《战马》全球上映。徐馨本书开篇描述《战马》如何激发斯皮尔伯格的灵感，促使他将之改编为电影：

这是 2010 年的秋天。"还是在美国的时候，我听说英国有一个舞台剧叫《战马》很火，我和太太为此飞到伦敦，台上进行到一多半，我知道这将是我下一部电影。"斯皮尔伯格口中的"听说"，是听说自他多年的合作伙伴，制作人凯西·肯尼迪。这一天恰巧经过伦敦新剧场的肯尼迪，看到了《战马》的宣传海报，"这个看起来很不错，何况我女儿喜欢马！"于是，在当日剩票已不多的情况下，肯尼迪为自己和女儿买了两张票。一走出剧场，她拿起电话，电话那端就是隔着一个太平洋的斯皮尔伯格。……

（《战马：皆有可能》）

可见一部精彩的话剧，足以跨界成为另外一种艺术传奇。此时，没有机会看到话剧的中国观众，率先在银幕上熟悉了《战马》。

2014 年 8 月，我第一次到英国旅行，在伦敦看话剧《战马》列入必不可少的内容。漫步伦敦，从地铁到街头，《战马》的广告招贴，随处可见。演出《战马》的剧场，就在考文垂花园中心一带。多年来，《战马》几乎每天上演，走进剧场，观众依旧满座，足见其受欢迎程度。现场观看《战马》，的确不虚此行。坦率地说，舞台效果远比电影要好，具有另外一种摄人心魄的力量。英国归来，与徐馨谈及看戏印象，她只淡淡地说了一句："我

伦敦上演《战马》的剧场张贴着巨大的广告

说好吧。"

同一年的秋天，徐馨兴奋地告诉我一个消息：《战马》已成为中英两国政府之间的一个重要文化交流项目，很快将引进中国，2015 年秋天由她熟悉的中国国家话剧院，正式公演中国版，合同期为五年。之后，她又告诉我，英国国家话剧团将派人前来中国指导，训练如何操作战马木偶。

最初的构想，美梦成真。

我想不出，除了徐馨，在中国还有谁对《战马》的前世今生最为了解，还有谁更合适写一本关于《战马》的书，叙述《战马》如何走进中国？听到消息，我建议她，不妨好好写一写。英国看戏印象，斯皮尔伯格电影与《战马》的关联故事，中国话剧舞台现状的研究，这本书，非她莫属。徐馨高兴地接受这一建议。

萧萧班马鸣，舞台入梦来。

写作过程中，最为重要的环节，莫过于徐馨的南非之行。南非开普敦的掌上木偶团两位艺术家，赋予话剧舞台上的战马木偶形象，因此，前往开普敦采访两位艺术家，听他们讲述创作过程，了解木偶制作现场，至为重要。2015 年 5 月，在南非暴力排外骚乱最严重之时，徐馨在夫君乔鲁京"舍命"陪伴下，利用休假，长途跋涉，飞往开普敦。于是，这本书中有了不可或缺的重要内容。

我与《战马》好像也颇有缘。2015 年 5 月，我再次前往英

伦敦剧场里的《战马》周边

国旅行。一天，在酒店打开电视，BBC 新闻中正好在报道中国国家话剧院排练《战马》。电视画面里，中国木偶操作者挥汗如雨，中国演员接受采访谈排练体验，可见英国媒体对这一交流项目颇为关注。看到新闻，颇有意外之喜，我当即拍下电视画面，由微信发给徐馨。她对正在进行的写作项目，无疑会多一份自信，多一份喜悦。

2015 年秋天，《战马》如期在中国公演。北京、上海两地的数月演出，引发轰动。可以预见，未来几年间，将有更多观众欣赏《战马》在中国舞台上的驰骋英姿！

大约两个月前，来自南非开普敦的两位艺术家巴泽尔和亚德里安，有了他们的第一次中国之行。徐馨约我与他们相见，简单的交流，已可感受他们对中国历史和文化的浓厚兴趣。他们说，未来有可能做一部新戏，会涉及"文革"期间的中国生活，如何做，尚不清楚，希望先有更多的了解。我带去《"文化大革命"博物馆》上下两册的图片集送给他们。我说，这是应中国一位老人巴金生前倡议而做出的一套书，并向他们简单介绍自己的"文革"生活体验。我不知道，他们能否从中获得印象，也不知道他们能否创作出相关节目，至少，我知道，在艺术家的心中，历史永远占据着无法替代的重要位置。

譬如战争，譬如战马。

《战马》的前世今生，无须我这个外行饶舌，读这本书就是。随着徐馨环环相扣的叙述，读者会走进历史深处，走进艺术家内心深处。然后，走进剧场，看舞台上的战马如何带你走进历史场景之中。

感受与想象，随战马一起奔跑入梦……

以平实而致远

《杰斐逊传》书影

我喜欢阅读各种人物的传记。在古今中外著名人物的传记中，我得以欣赏历史的风云变幻，得以体味生命的不同形式。拿破仑让整个欧洲为之敬仰，也为之颤抖，权力与战争，几乎就是他的生命本身，而且，在他手中，战争真正成为了一种艺术。华盛顿坚韧而质朴，他淡泊于权力，一次辞去总司令，一次辞去总统，两个告别权力的瞬间，留给历史以崇高。托尔斯泰永远拥有一颗痛苦的灵魂，痛苦中完成他的伟大。

政治家的传记大多不同于文艺家的传记，后者常常注重于精神与心灵的描述和分析，前者则大都乐于为我们描述出许多轰轰烈烈的壮举。的确，那些叱咤风云的人物，在很大程度上改变着他们所处的时代。所以，当后人回望他们时，总是注目于那些最辉煌的政治业绩。

可是，一位朋友一次却提出这个问题：艺术家和政治家，究竟谁更伟大？朋友是一个崇尚精神的人，在他的眼里，一切政治家，不管人们认为他们在历史上多么伟大，与那些伟大的艺术家相比，简直不值一提。他举音乐为例。他说恺撒也好，拿破仑也好，他们所从事的一切，无论如何也不能同贝多芬、巴赫的音乐相提并论。他说，他们的音乐永远会带给人类心灵的享受，而那些历史上的政治伟人呢，多少年后又有多少人还记得？

我反驳他的偏激，认为他不该把完全不同类型的事物进行这种简单的比较。人类的精神与行为有不同层面，不同领域，只是在各自的层面和领域上，才体现各自的价值。因此，不同性质不同领域的现象，无法"拉郎配"，做出硬性比较。不过，我也非常理解这位朋友。作为一个文化人，他看重的不是具体的历史进程，不是这一进程中人的政治行为。他看重精神与文化的发展，对于他来说，唯有这样一些发展，对于人类才是最为重要的。他认为政治家往往是在毁誉不一的状况下完成历史使命，从而成为一代伟人，其代价有时则会是对精神与文化的破坏。

朋友的偏激，却促使我换一个角度思考问题。稍稍浏览一下历史，就不难发现，我们评判一个政治家的伟大与否，几乎很少把他在文化上的作用考虑进去。人们在心理上在感受上，显然习惯于瞩目那些叱咤风云的政治壮举，而对许多文化上并不轰轰烈烈的点滴创造，不大投去关注的目光。对文化意义的忽视，便形成了评判历史伟人的片面。这样，时常为了肯定一个政治家的伟大，便忽略不计他对精神和文化的破坏。譬如秦始皇，他统一中国的伟业，其历史代价却是"焚书坑儒"，是对战国时代百家争鸣的思想文化传统的最后扼杀。后一种行为，对于随后中华民族精神文化的发展，究竟产生了什么样的破坏？对于禁锢和影响中国人精神与智慧的发展，又起到何种作用？假如把思想和精神，放在人类发展的至关重要的位置来看待，也许秦始皇的历史作用，就该是另外一种表述了。

换一个思考角度读书，有时便能产生一种新的感受。

和许多世界伟人相比，美国第三任总统杰斐逊当然不那么

杰斐逊油画肖像

引人注目，即使在美国历史上，远比他著名的政治家，也为数不少，如华盛顿、林肯、罗斯福等。但是，一本文风朴实的《杰斐逊传》，让我看到了他对建设图书馆和普及教育的沉溺。与杰斐逊在争取美国独立与立法方面的建树相比，这些显得并不辉煌，传记作者为之花费的篇幅也有限，但那些看似平淡无奇的细节，却显现出一个政治家难得的素质，使我强烈感受到政治家本应具有的另外一种伟大。

当独立战争正在艰难进行时，已经登上政治舞台的杰斐逊，目光不仅仅关注着战事的发展，也眺望着未来的文化建设。

1776 年到 1779 年，是战争最为关键而艰难的时期，正是在这些前景十分暗淡的日子里，他不止一次地在弗吉尼亚州议会上提出议案，设想着战争结束后教育与图书馆的建设。

他考虑要在里士满建立一个州立图书馆，推动"学者和有好奇心的人们进行研究"。在起草议案时，他甚至加上这样一条：如果在战争期间，将书和地图运来易遭危险，或是费用太高，图书馆馆长可将每年的拨款积累下来，等到有合适机会后再使用它们。更多的人远不像杰斐逊这样对此具有浓厚兴趣和远见，他们只是关心着眼前的事情，因此他的议案一直没有获得通过。

尽管如此，建立图书馆对于杰斐逊却是一个美丽的梦想，在以后的岁月里，他在法国担任外交官和后来担任总统期间，一直为实现这一梦想而尽其所能。1812 年的美英战争中，英国人在美国国会大厦放火，烧毁了国会图书馆。已经卸任的前总统杰斐逊，谴责英国人的行为是一种"文明时代不应有的野蛮行为"。他决定将自己花费五十年时间收集的六千五百册藏书卖给国会，以帮助国会重新建立一个图书馆，价格和付款方式由国会决定。他的这些藏书，特别是关于北美洲和南美洲的藏书，被人们认为"无疑是世界上最宝贵的"。

杰斐逊亲自监督这些书籍的包装，把它们一一放在松木书箱里。十辆马车载着他的藏书他的心血和梦想，缓缓离开庄园。此时距他在弗吉尼亚州议会提出建立图书馆议案，已经有三十多年，岁月流逝，当年的愿望依然没有淡去。他希望"这些藏书将对我国的文献收藏具有某种普遍意义"。事实也是如此。后来成为世界著名图书馆的美国国会图书馆，正是在杰斐逊的藏书基础上建立起来的。

他深情地注目马车远去。这时，他的书房已经空寂一片，但心中却一定充满着建设者的自豪。这种对图书馆的偏爱，杰斐逊一直保持到晚年。在建立弗吉尼亚大学时，他把图书馆的建筑，作为整个校园建筑的中心点。他亲自绘制这幢大圆顶图书馆大楼，而且是以罗马的万神殿为蓝本。去世前的一个多月，他还支撑着病躯，到正在建设中的弗吉尼亚大学，做出为学院图书馆竖立大理石柱的最后决定。

在他的时代，杰斐逊以主张政府的一切政策都要保护个人生活、自由和追求幸福的权利而著称，并为此同主张个人利益要服从国家利益的汉密尔顿成为政敌。我的理解，杰斐逊重视图书馆，不在于它的外在形式，而在于它荟萃着人类的智慧和知识。他相信人类智慧会随着知识的积累而不断丰富与不断发展，因为知识能"照亮整个民众的思想"（杰斐逊语），能让个人的思想得到充分发展，这与他主张宗教信仰自由的思想是相互联系的。晚年在致力于弗吉尼亚大学建设的时候，他曾这样设想过大学的蓝图："这一学院将以人类思想可以自由驰骋为基础。因为在这里，我们不惧怕真理会将我们引向何方；只要允许理性自由地去斗争，我们也不怕容忍任何错误的存在。"

这正是杰斐逊梦寐以求的理想。虽然在实际生活中，他时常不得不屈服于环境的局限，更改他的计划，但这一理想始终贯穿终生。

　　杰斐逊把"更为普遍地传播知识"，看作共和制度的一方柱石，为此，他一生为发展教育而不遗余力。在独立战争仍在进行之时，他就向弗吉尼亚议会提出他的教育计划。他主张首先应该大量建设小学，让每位孩子享受三年公费教育。小学生除学习阅读、书写、普通算术外，还要学会认识希腊文、罗马文

杰斐逊纪念馆里的雕像

和英语。州里建立二十个初级中学，这样，"每年将要有二十名最优秀的天才从微不足道的小地方脱颖而出"。他认为确立这样的制度，不论儿童所处的地位如何，只要他有最好的天资，就可以获得受教育的机会，各阶层中都可以涌现出德才兼备的第一流人物。他坚信，如果确立这样的教育制度，就能用知识照亮所有民众的思想，这是防止那些握有政治权力的人实行专制的唯一办法。

囿于战争和人们的认识，杰斐逊当时的这一计划，一直没有被采纳。但这并没有影响他一生执着于发展教育。三十年后，在 1817 年他又一次向州议会递交一份关于州立初等、中等、高等教育系统的综合计划。与此同时，当告别总统职位之后，他便把全部精力放在弗吉尼亚大学的建设上。他继续多年的努力，说服州议会统一建立这样一个大学，把它作为弗吉尼亚的教育基地。杰斐逊重新提出这样的计划，正好是在 1812 年英美战争最艰难的时刻，首都华盛顿也刚刚被大火焚烧。《杰斐逊传》的作者认为："只有像他这样有着乐观主义精神、坚定决心和知识训练有素的人才能专心来做到这一点。"

在生命的最后几年时间里，大学的建设成为杰斐逊最主要的生活内容。从筹集资金到校园规划，从建筑设计到聘请教授，他都直接参与。可以说，没有杰斐逊，弗吉尼亚大学当时就根本不可能出现。1825 年，大学正式开学，虽然当时只有三十名左右学生入学，但对于弗吉尼亚的文化建设，这是具有历史性意义的一步。而对于杰斐逊，这有着更为丰富的意义。作为一个已经在立法、经济、外交诸方面卓有建树的政治家，至此才真正完成了他生命的塑造。他对未来的影响，也许这一创造显得更为重要。在开学之后不久杰斐逊就写过这样的话："以创办和扶植一所教育我们的后来人的学校来作为结束生命的最后一幕。我希望学校对于他们的品德、自由、名声和幸福都起到有益而永久的影响。"

在逝世之前，杰斐逊为自己设计好墓碑的图样，写好墓志铭，并要求亲友不得"增添一字"。他撰写的墓志铭是："托马斯·杰斐逊，美国《独立宣言》和弗吉尼亚州宗教自由法的执笔人、弗吉尼亚大学之父，安葬于此。"把一所大学的建设，与一个国家的独立相提并论，这正说明，在杰斐逊那里，政治与文化建设同样重要。

美国国会图书馆的杰斐逊大楼

1976 年，美国国家艺术馆举办过一场"托马斯·杰斐逊的天地"主题展览，作为当时纪念美国独立二百周年活动中的一项。人们不仅对于他的政治业绩感兴趣，而且开始欣赏他的多才多艺。专家们认为，以此为标志，表明人们对于杰斐逊的认识，在 20 世纪下半叶有了新的发展。这里面包括着对他在文化和教育建设上所做的努力的高度评价。这本《杰斐逊传》便可以看作其中的一个新成果。

　　举办"托马斯·杰斐逊的天地"展览时，我还是"广阔天地"的一个知识青年，在山区的一个茶场劳动。我当然不知道在遥远的地方有这样一个展览，更不知道遥远的历史烟云中有过杰斐逊这样一个人物，曾经那样执着于平实的文化创造。在那些日子里，我和伙伴们每日开荒种茶，不知图书馆和大学为何物。我们还在念小学时，现代社会体现人类知识与文明的这两个代表，就被"文革"风暴吹得不复存在，对于此刻身处深山的我们，便显得更为淡漠，早已远离人们的记忆与想象。

　　十多年过去了，我没有再去茶场看看，但每年我都能喝到我们当年种下的茶叶。绿茶飘着清香，带给我纷繁的感觉。我便是喝着它读完《杰斐逊传》，也喝着它写下这篇文章。我为自己和许多同龄人最终又拥有了图书馆和大学而庆幸。以这样的心情品茗读书，在寒冷的冬日，我感到了思想的暖意。

因为错误，青春才美丽

——闲读《请别把我在路上叫醒》漫记

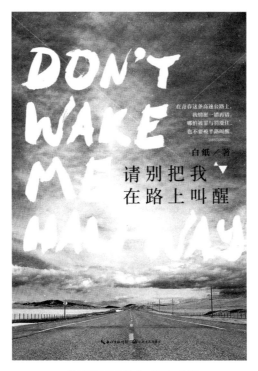

《请别把我在路上叫醒》书影

难得清静，拿出白纸九月新出的长篇小说《请别把我在路上叫醒》（长江文艺出版社，2015 年 9 月）闲读。错误一、错误二、错误三……白纸以连续"六个错"作为小说主要章节，串起一个少年从初中到高中的青春经历。他在封面上写了这样一段话：

在青春的这条高速公路上，
我情愿一错再错。
哪怕被罪与罚魇住，
也不要被半路叫醒。

何为正确？何为错？一个人的不同人生阶段，每个人的不同视角，总是存在差异，只有亲身经历者，才有自身真切的感受。常说青春是美丽的，殊不知，这种美丽并非全然由正确构成，恰恰是一个又一个错误，错误过程中一次又一次的循环反复，让青春更加美丽。这是白纸的第一本小说，正是以一个少年的桀骜不驯，告诉我们错误与青春的必然关联，他的笔下，正是一个又一个的错误，才有可能使自己在步入晚年时，对青春的回顾，多一些美丽回味。

看着白纸长大，从初中到高中，每一次的见面、聚谈，他的话题为我们这些父辈，打开一个又一个了解少年世界的窗口。对日本漫画和动画片如数家珍；对英超曼联、阿根廷球队一往情深；热衷摇滚与足球；自己办电子杂志，微信兴起又有了自己的公众号，将旅行和看球体会等与朋友交流……侃侃而谈的话题很多，可是，唯独没有听他谈过少年必不可少的情感体验。记得有一次我问他："你有女朋友吗？"白纸笑笑，王顾左右而言他。几年后，吃惊地读到这本《请别把我在路上叫醒》，他未曾谈论过的青春故事，艺术地呈现在小说之中。不能说书中主人公林开的故事都是白纸的故事，可是，谁又能说不是他的个人亲历体验？林开、蓝紫青、白晞、凝霜、文忆、何杉、张英归……小说中一个又一个男女同学的身上，必然时时闪动作者自己的影子。毫无疑问，即将高中毕业的白纸，显然是在借这样一部小说，为自己和同伴们的少年经历，留存永远的青春美丽。

闲读《请别把我在路上叫醒》，自己的中学时光，不时会蹦出来，与小说中的场景重叠。看似重叠，其实是两个世界，两个迥然相异的时代。遥想四十多年前，我们的中学生活，男女同学几乎都不约而同地遵守清规戒律，很少个别交往、谈话，偶有悄悄交往的男女同学，公开场合连手也不敢碰，说话也找个隐蔽角落，偷偷摸摸的样子；哪里能像小说中的中学生，可以堂而皇之、目中无人地拥抱，亲吻。记得在初中二年级时，另外一个班级的一位女同学，与我并不熟悉，甚至没有讲过几句话，却给我写了一封信，偷偷放进我的课桌。她哪里知道，一天前我刚刚换过座位，一位男同学牛汉君换到我的地方。结果，她的信被发现，男同学将之公开，我顿时成为班上的笑柄，好长时间同学间议论纷纷。有了此事，再与那位女同学见面，只好低头，好像自己做了什么不好的事情。后来下乡，我们又到同一个茶场插队，虽不再尴尬，但仍感觉有些不自然。

荒唐年代，另外一种不一样的青春，一种今天的中学生无法想象的、难以理解的青春。

这些年来，时代演变迅疾，一部又一部青春小说接踵而至，为我们勾勒出完全不同的青春。白纸笔下的中学生，个性鲜明，无拘无束，其生命充满勃勃生机，丰富多彩，出现在他们面前的是一个全新的世界。他们的生活和世界，我们或许不熟悉，却值得了解，需要充分理解。

读白纸的小说，欣赏他的驾驭能力。场景闪回不定，叙述从容不迫，有张有弛，一个又一个同学的故事，呈现不同的情感。值得琢磨且颇有意思的是，小说重点渲染的，并不是男女同学之间的恋情（小说中每个出场的男女同学几乎都有各自的初恋，乃至相互交叉的情感），而是借林开与蓝紫青两人之间贯穿始终的情感演变、纠结、困惑，试图解读少年们的青春时期，是否可能存在着的另外一种情感。白纸坦承这种创作意图："在爱情与友情之外，还有没有另一种情感？如何界定'男朋友'还是'男闺蜜'？这问题，让我为之困扰多年……"或许白纸没有意识到，正是因为这种困扰，才使他对林开与蓝紫青两人关系的层层推进和细细解剖，成为这部作品最精彩、最具力度的表现。进而，使他的写作，为青春小说增加了新的内涵，多了张力。

我感兴趣的是，白纸的成熟如此之快，作品中没有过多的煽情，也很少有幼稚的学生腔。相反，他的冷静甚或冷峻，颇让我有点儿吃惊。它们渗透于他的骨子里，隐含在字里行间，让人感到超出其年龄的少年老成。譬如，林开前往中考途中与蓝紫青的偶遇，小说这样叙述林开的感受：

> 我第一次与她对视的时候，我就觉得我喜欢上她了。
>
> 是的——我第一次用了"喜欢"这个词。我从来没有对蓝紫青如此描述过我的感情。我一直以来都不知道如何界定这样模棱两可的词，什么"喜欢"呀、"爱"呀，这些词距离我都太遥远，我也从未切身体验过。就算是我在遇到蓝紫青后，我心里似乎蠢蠢欲动，我也没有体验过那种一瞬间心就提到嗓子眼的感觉。我无时无刻不想着她，可我也许并不喜欢她。——我无法界定我对于蓝紫青是什么样的感情。但是今天，我很确定，我喜欢上了一个女孩。虽然，如此快速便下了定论，让我的肯定像是小打小闹。
> （65页）

叙述冷静，给人一种距离感，仿佛在谈论别人的故事。林开喜欢的第一个女同学白晞非常美丽，但当遇到蓝紫青之后，小说这样叙述林开的心理活动：

我喜欢白晞吗？我不清楚，也许。我喜欢蓝紫青吗？这个问题我甚至不敢面对。当然，我自己并不知道答案，但我生怕哪一天我自己突然明白了，会得到肯定的答案。

　　要是真的有那一天，对于我而言无疑是一场灾难。那将是用我的全心等待一场不可能发生的奇迹。这种感觉，就仿佛是在阿根廷寻找成吉思汗的陵墓一样，永远、永远无法成为现实。（128页）

走进大学半年之后，林开与凝霜相爱，在北京世贸天阶有这样一场对话：

　　"刚才你头发上有一些小雪花，不融化，还真是和你的名字很像呢。"

　　她和我并肩而立。她的头顶大概到我的下巴，这正是合适的身高差。她没有看我，这也给足了我调整的空间与深呼吸的机会。

　　她轻轻地说："但是这些雪花可比我好看多了。"

　　"可我觉得你要美上许多啊。"我不知道什么样的口气算是"不经意"，所以我只好跟着自己的感觉走了。

　　多年之前，我也曾经历过相似的情形，但那时站在我面前的女孩，如今我已记不得了。（289页）

　　　　　　　　　　　　　　　　　　　美丽如斯

本应是浪漫场景的叙述，白纸却显得如此冷静，穿插进来的一段文字结束于"如今我已记不得了"，透出一种冷幽默，这种感觉让我看到了白纸未来写作新的空间拓展的可能性。

的确，白纸的文学创作愿望不限于青春文学。他说过，自己读过的最震撼的小说是《一九八四》，他还渴望能够成为奥威尔一样的人物。第一部小说的写作，让人看到了他具备的潜力。他的敏感、幽默、冷静，使他可以用不一样的眼睛审视我们生存的时代，从五光十色的万般景象之中，窥探属于自己可以冷峻表达的主题。对于他，能否成为奥威尔并不重要，重要的是他如何面对正在向他走来的一个不可知的时代，如何像奥威尔那样用文学为现实立此存照。

因为错误，青春才美丽。

历史却不然。也许白纸已经开始明白了这一点。

写于 2015 年 10 月 3 日，北京